Franz Hohler
Die Nacht des Kometen

FRANZ HOHLER
DIE NACHT DES KOMETEN

Eine Erzählung für Kinder
Mit Illustrationen von
Kathrin Schärer

Carl Hanser Verlag

EINS

Es war ein merkwürdiges Tal.

Jedes Jahr verbrachten Jona und Mona dort mit ihren Eltern die Sommerferien in einem kleinen Haus am Waldrand. Wenn sie von diesem Haus das Tal hinaufblickten, sahen sie keine Bäume mehr, nur noch einen sprudelnden Bergbach und daneben einen Fahrweg. Der Weg führte zu einer Alp weiter oben. Die konnten sie aber von ihrem Haus aus nicht sehen. Auf dem Weg dorthin konnte man mit etwas Glück Murmeltiere beobachten. Manchmal hörte man auch bloß ihren Pfiff, aber wenn man hinschaute, waren sie schon in ihren Löchern verschwunden. Auf der Alp weideten in den Sommermonaten Kühe aus dem Unterland und wurden von Sennen gehütet und gemolken. Sie machten aus der Milch Käse, welchen Jona und Mona nicht besonders gern mochten, dafür schwärmten ihre Eltern davon.

»Such mal so einen Käse in der Stadt«, pflegte der Vater zu sagen, wenn er sich ein Stück davon abschnitt. Die beiden Kinder sahen nicht ein, wieso man einen solchen Käse in der Stadt suchen sollte, aber die Mutter behauptete dann, bei Marinetti gebe es mindestens drei Bergkäse, die gerade so gut, wenn nicht besser seien. Marinetti war ein großer Lebensmittelhändler in der Stadt, und wenn der Vater sagte: »Das musst du mir erst einmal beweisen«, entgegnete die Mutter: »Warte nur bis nach den Ferien.« Die

Kinder hofften inständig, dass sie nach den Ferien nicht drei solcher Bergkäse essen mussten, denn sie hatten am liebsten die Rahmkäslein, die man aus einem Silberpapier auswickeln musste und die einem auf der Zunge schmolzen.

Jona war zehn Jahre alt, seine Schwester Mona war acht.

Merkwürdig waren die Steine in diesem Tal. Da gab es zum Beispiel einen Stein, der aussah wie ein riesiger Frosch. Wenn der Vater mit Jona und Mona zu diesem Stein ging, sagte er ihnen, sie sollen ihre Ohren an den Stein halten und die Augen schließen. Taten sie das, hörten sie ein Quaken.

»Das bist du gewesen!«, riefen die Kinder zum Vater, wenn sie die Augen wieder öffneten, aber der Vater tat ganz erstaunt und fragte sie, wie sie auf eine solche Idee kämen, er könne doch gar nicht quaken.

Einen anderen Stein gab es im Wald, der glich einer großen Eule. Diesen Stein besuchten die Kinder gern mit ihrer Mutter. Sie mussten ihn immer ein bisschen suchen, denn er lag etwas abseits des Weges, und man musste über dicke Baumwurzeln kraxeln, um ihn zu finden. Die Mutter sagte den Kindern, sie sollen ihre Ohren an die Flügel der Eule halten und die Augen schließen. Taten sie das, hörten sie einen heiseren Schrei, wie ihn die Eulen nachts ausstoßen.

»Das bist du gewesen!«, riefen Jona und Mona, wenn sie die Augen wieder öffneten, aber die Mutter tat ganz erstaunt und fragte sie, wie sie auf eine solche Idee kämen, sie könne doch gar nicht so schreien wie eine Eule.

»Doch, das kannst du!«, sagte Jona. »Wir wissen es!«, sagte Mona, und beide lachten, aber sowohl beim Quaken des Frosches wie beim Schreien der Eule war es ihnen immer ein kleines bisschen unheimlich.

Aus dem Hang etwas oberhalb des Hauses ragte ein Fels, der wie der Kopf einer Echse aussah. Wenn die Sonne schien, wurde er ganz warm, und die Kinder lehnten sich gern an ihn an. »Nehmt euch in Acht«, sagte der Vater, »die Echse wärmt sich auf. Wenn ihr warm genug ist, kriecht sie heraus und geht ins Tal hinunter.«

»Ist das wahr mit der Echse?«, fragte Mona ihren Bruder, als sie abends im Bett lagen. »Ach wo«, sagte Jona, »er schwindelt.« Aber dann stellte er sich vor, wie die Echse langsam aus der Erde herauskam, den Dreck von ihren Schuppen schüttelte und auf das Haus zukroch, und er zog die Decke etwas höher.

Am liebsten war ihnen aber ein Fels am Bach, den sie das Kamel nannten, denn er hatte zwei Buckel, zwischen denen sie beide Platz hatten. Das Felskamel schien am Boden zu sitzen, sodass sie mühelos hinaufklettern konnten und die Beine links und rechts baumeln ließen, als würden sie auf ihm reiten. Dieser Fels war nur ein paar Minuten vom Haus entfernt. Oft gingen Jona und Mona allein dorthin, und die Mutter gab ihnen eine schwarzrot karierte Decke mit, als Kamelsattel, wie sie sagte. Wenn sie dann die Decke in die Mulde zwischen die Buckel legten und sich daraufsetzten, kamen sie sich vor wie zwei Reiter in der Wüste, und sie erzählten sich, was sie sahen, Gerippe von verendeten Kamelen, eine Düne nach der anderen, Sandstürme, die sich in der Ferne zusammenbrauten, oder auch was sie nicht sahen, keine Häuser, keine Straßen, keine Autos, keine Wälder, keine Eisenbahnen, keinen Kiosk, und wenn Mona den Kopf auf Jonas Schulter legte und seufzte: »Ich verdurste!«, schrie Jona plötzlich: »Eine Oase!«, und beide sprangen vom Kamel, rannten zum Bach und schöpften mit den Händen Wasser, das sie gierig tranken.

Sehr gerne spielten die beiden auch am Bach. Er hatte immer wieder Seitenarme, die in kleine Tümpel mündeten, und Jona und Mona liebten es, mit Steinen Mäuerchen zu bauen, die mehr Wasser durch einen Seitenarm lenkten, Wasser, das den Tümpel weiter unten zum Überlaufen brachte. Dann mussten sie auch den Tümpel so lange mit Steinen stauen, bis er zu einem kleinen See wurde. Auf seinem Wasser ließen sie Rindenstücke als Schifflein fahren, Jona versuchte ihnen auch winzige Tannenzweige als Segel aufzustecken, aber die meisten davon kippten sofort um.

Wenn ihre Hände vom eiskalten Wasser blau gefroren waren, hielten sie sie an die Sonne und begannen dann, Steine aufzutürmen. Im Bachbett hätten fünf oder sechs Bäche Platz gehabt, der Bergbach schlängelte sich durch eine große Fläche voller Sand, Steine und Grasbuckel, auf denen manchmal sogar ein niedriger Erlenbusch wuchs.

Steine gab es mehr als genug, da lagen flache, runde, eckige, spitze, graue, helle, dunkle, rötliche, weiße zur Auswahl herum, und

die Kunst war, möglichst viele, möglichst flache Steine so lange aufeinanderzuschichten, bis ein Turm so hoch war wie die Kinder.

»Wir haben ein Steinmannli!«, riefen sie dann zur Mutter hinüber, wenn sie am Ufer des Baches saß und ein Buch las.

»Prima!«, rief sie zurück. »Und jetzt noch ein Steinwybli!«, und die Kinder machten sich wieder an die Arbeit. Mannli ist schweizerdeutsch und heißt Männchen, und Wybli heißt – na, was wohl? Erraten, Weibchen!

Oft stürzten die Steinmannli auch wieder zusammen, denn die Steine schön im Gleichgewicht zu halten war nicht so einfach, wie es aussah, oft mussten die zwei sehr weit suchen gehen, um einen Stein zu finden, dessen eine Seite genau auf den Stein passte, den sie zuletzt draufgelegt hatten.

Im Lauf des Sommers wurde die Zahl der Figuren immer größer. Als die Kinder einmal vor dem Haus spielten und zum Bachbett schauten, sagte Mona zum Vater: »Wie wenn Menschen kämen.«

»Ja«, sagte der Vater, »wer weiß? Vielleicht sind es die Römer.«

Und er erzählte den Kindern, dass zwei Täler weiter eine alte römische Straße über einen Pass geführt habe, dass es aber durchaus möglich sei, dass auch der Pass zuhinterst in ihrem Tal als Ausweichübergang von den Römern benutzt worden sei, jedenfalls habe man weiter oben schon römische Münzen gefunden und sogar den Griff eines Dolchs.

»Gell, aber die Römer kommen nicht mehr?«, fragte Mona.

»Nein, nein. Höchstens in der Nacht, wenn du schläfst.«

»Papi macht nur einen Witz«, sagte die Mutter schnell, aber Mona hielt sich etwas fester an Papis Hand.

ZWEI

Jeden Sommer besuchten Jona und Mona mit ihren Eltern Samuel, den Senn auf der Alp hinten im Tal. Ja, ihr habt richtig gelesen, und zwar schon auf der ersten Seite, »Alp«. Was man in Deutschland oder Österreich Alm nennt, nennt man in der Schweiz, wo diese Geschichte sich zugetragen hat, Alp.

Den Kindern gefielen vor allem die Schweine. Mindestens ein Dutzend tummelten sich gleich unterhalb der Alphütte in einem sumpfigen Stück Land, das durch einen Holzzaun von der Alp abgegrenzt wurde.

Als sie dieses Jahr zum ersten Mal kamen, stand der alte Samuel gerade mit einem Kübel vor dem Schweinepferch.

»Darf ich die Säue füttern?«, fragte Jona.

»Und ich?«, rief Mona.

»Also, ihr tapferen zwei«, sagte Samuel, »der Kübel hat zwei Henkel, jeder von euch packt einen, dann geht ihr durch das Gatter und leert den Kübel in den Schweinetrog. Aber passt auf, die Viecher haben Hunger!«

Samuel öffnete das Gatter, Jona und Mona fassten die Henkel an und trugen den Eimer, der ziemlich schwer war, zum Trog. Die Schweine trampelten aufgeregt heran, quiekten und grunzten, und jedes wollte die Schnauze als Erstes am Trog haben.

»Auf drei leeren wir den Kübel aus«, sagte Jona zu seiner Schwester, »eins, zwei –«, aber bevor er »drei« sagen konnte, stieß ihn ein Schwein von hinten so heftig, dass er hinfiel, und da Mona den schweren Kübel nicht allein halten konnte, schwappte die weißliche Sauce, die drinnen war, halb in den Trog und halb über die Schweine, die sich nun gegenseitig abzulecken begannen, und auch Mona wurde von einem besonders gierigen Tier umgeworfen. Die Schweine machten einen Riesenlärm, beide Kinder schrien laut, der Vater

rief: »Ruhig bleiben!« und eilte in den Pferch, um Jona und Mona herauszuholen, und Samuel, der Senn, lachte mit seiner tiefen Stimme, dass es über die ganze Alp dröhnte.

So schmutzig waren Jona und Mona schon lang nicht mehr gewesen, wie zwei kleine Drecksäulen standen sie da, und Samuel gab der Mutter ein Tuch, mit dem sie die beiden am Brunnen etwas abwusch.

Dann schenkte ihnen Samuel allen ein Glas frische Milch ein, und sie durften sich vor die Alphütte setzen.

Jona ärgerte sich, dass ihn eine Sau umgeworfen hatte, und fand, der Senn hätte sie deutlicher warnen sollen, bevor er sie da hineinschickte.

Als hätte er seine Gedanken erraten, fragte ihn Samuel: »Na, wie war's im Raubtierkäfig?«

Jona überlegte einen Moment und murmelte dann: »Gefährlich.«

Samuel lachte wieder sein dröhnendes Lachen, und sein üppiger weißer Bart zitterte dabei, als lache er mit.

Samuel war eine eindrucksvolle Erscheinung. Jona kannte niemanden mit solch einem wilden weißen Haarkranz. Der Vater, der ja viel jünger war, hatte schon eine Stirnglatze, aber Samuels Haar spross so dicht aus dem Schädel wie eine Bergwiese, und seine Barthaare wuchsen nicht nur bis zur Brust hinunter, sondern standen auch seitlich ab. Der Schnurrbart verdeckte die Oberlippe, die Brauen waren zwei dicke weiße Striche über seinen Augen, und sogar aus den Nasenlöchern und den Ohren heraus drangen feine weiße Härchen.

Zudem war er ziemlich groß, und seine Hände hätten ohne Weiteres die Milchgläser zerdrücken können, die er ihnen hingestellt hatte.

»Wo sind deine zwei Hirten?«, fragte ihn der Vater.

»Und der Sennenhund?«, fragte Jona.

»Sie holen die Kühe herunter.«

»So früh?«, fragte der Vater. Es war noch nicht spät am Nachmittag.

»Ja, ich glaube, es kommt ein Gewitter«, sagte Samuel.

Am Himmel waren Wolken aufgezogen, welche nun die Sonne verdeckten. Sofort wurde es kühler.

»Wenn der Blitz eine Kuh trifft, macht man dann Bratwürste aus ihr?«, fragte Mona.

»Nein«, sagte der Senn, »dann kommt zuerst der Tierarzt und dann der Abdecker.«

»Der Dachdecker?« Mona wunderte sich. Eine Kuh aufs Dach zu legen war bestimmt sehr schwer.

»Der Abdecker ist der, der die toten Tiere einsammelt und verbrennt. Aber schaut euch lieber noch ein lebendiges Tier an. Ich habe dieses Jahr zwei Esel zum Sömmern. Sie sind hinter der Hütte.«

Sogleich rannten Jona und Mona hinter die Hütte, um die Esel anzuschauen.

»Das Wetter ist eigenartig diesen Sommer«, sagte Samuel, »mal zu heiß, mal zu kalt, hat vielleicht mit diesem Kometen zu tun.«

Am Sternenhimmel wurde in den nächsten Tagen ein Komet erwartet, der sich bei seinem Flug durchs Weltall der Erde nähern sollte. Die Mutter sagte, dass sie sich freue, ihn hier oben zu sehen, wo die Luft viel klarer sei.

Wieso er denn meine, dass der Komet einen Einfluss auf das Wetter habe, fragte der Vater.

Samuel dachte einen Augenblick nach. Dann gab er zur Antwort: »Es gibt einen tausendjährigen Kalender, und in dem sind jedes Mal, wenn am Himmel ein Komet auftaucht, besondere Naturereignisse verzeichnet. Hitzewellen, Kältewellen, Überschwemmungen, Missernten …«

»Einen tausendjährigen Kalender?« Der Vater wollte das nicht recht glauben, obwohl man von Samuel sagte, er wisse sehr viel über die Kräfte der Natur und über ihre Geheimnisse.

»Ja«, sagte Samuel und nickte, »den gibt es, und er reicht sogar noch weiter zurück, bis zu den Römern und Christi Geburt.«

»Und wo ist dieser Kalender? Wurde er einmal gedruckt?«, wollte der Vater wissen.

»Ich habe ihn als Kind noch gesehen«, sagte Samuel, »mein Urgroßvater hatte ihn in einer Schatulle, und ich durfte darin lesen, wenn ich bei ihm zu Besuch war. ›Merk dir gut, was drinsteht‹, sagte er mir immer.«

»Und jetzt hast *du* ihn?«, fragte die Mutter.

»Leider kam mein Urgroßvater in einer Lawine um, die sein ganzes Haus weggefegt hat, und die Schatulle hat man nie wieder gefunden. Ich selbst habe nach der Schneeschmelze das ganze Gelände des Lawinenkegels abgesucht und nichts entdeckt.«

»Hat er sich denn nicht in Sicherheit bringen können?«

»Am Platz, wo sein Haus stand, war seit Menschengedenken noch nie eine Lawine niedergegangen.«

»Und wann war das?«, fragte die Mutter weiter.

»In einem Jahr, an dem ein Komet am Himmel stand.«

Jetzt kamen die beiden Kinder zurück.

»Die Esel sind süß!«, rief Mona.

»Wir haben sie mit Blättern gefüttert!«, rief Jona.

»Wie heißen sie?«, fragte Mona.

»Zia und Pia«, sagte Samuel und lächelte. »Sie kommen aus Italien.«

»Wie kann man sie unterscheiden?«, fragte Jona.

»Zia hat einen großen dunklen Fleck hinter dem linken Ohr. So, jetzt muss ich den Stall bereitmachen zum Melken. Und ihr solltet langsam talabwärts, bevor das Gewitter kommt. Bei den Drei Königen oben tut sich etwas.«

Er blickte zu den hinteren Bergen im Tal, die sich neben dem Pass erhoben. Sie hießen die Drei Könige, und dort quollen zwischen den weißen Wolken schon kleine graue hervor.

»Gell, die Esel sind eifersüchtig«, sagte Mona, »wenn einer ein Blatt bekam, wollte es der andere auch. Sie haben einander geschubst.«

»Ja, das sind sie«, sagte Samuel, »Zia ist die ältere und meint immer, sie komme zuerst dran.«

»Hast du nachts auch schon Römer gesehen?«, fragte Jona.

Samuel pfiff leise durch die Zähne. »Oho«, sagte er dann, »da will es aber einer genau wissen.«

»Gell, es gibt gar keine Römer«, sagte Mona.

»Es gab schon Römer«, sagte Samuel, »und vor langer Zeit sind sie auch hier durchgekommen, aber das erzähle ich euch ein andermal.«

»Wann?«, fragten Jona und Mona gleichzeitig.

Samuel wiegte sein bärtiges Haupt hin und her und sagte nichts.

Von der Passhöhe und den Drei Königen herunter hörte man nun ein fernes Donnergrollen, und die Eltern machten sich mit den Kindern schnell auf den Heimweg.

DREI

Als Jona und Mona mit ihren Eltern am Kamelfelsen vorbeikamen, brach das Gewitter los. Es blitzte und donnerte, und vom Himmel fiel ein Platzregen, sodass sie schon nach wenigen Schritten tropfnass waren.

Alle begannen zu rennen, aber plötzlich stand Jona still, kehrte dann um und rannte zurück zum Kamelfelsen. Dort lag nämlich immer noch ihre schwarzrot karierte Decke, und die wollte er mit ins Haus nehmen.

Aber als er zum Felsen kam, bemerkte er etwas Seltsames. Weder der Stein noch die Kamelsatteldecke war nass, es war, als ob sie durch ein unsichtbares Dach beschützt würden.

Nun hatten die Eltern das Haus erreicht und sahen, dass Jona zurückgeblieben war.

»Jona, was machst du?«, schrie der Vater.

»Komm sofort ins Haus!«, rief die Mutter und winkte wie wild.

Jetzt fuhr ein Blitz in den Bach, und gleichzeitig rollte ein ohrenerschütternder Donner durch das Tal, dass die Fensterscheiben klirrten. Jona rannte, so schnell er konnte, und als er beim Haus ankam, schimpften die Eltern mit ihm.

»Was fällt dir ein, bei dem Wetter zurückzubleiben?«, fragte die Mutter.

»Ein Gewitter ist kein Spaß«, sagte der Vater.

»Ein Blitz macht Bratwurst aus dir!«, sagte Mona.

»Ich wollte doch nur die Kameldecke retten«, sagte Jona keuchend. Er kämpfte mit den Tränen, denn auch er war fürchterlich über den Blitz erschrocken und über den Donner fast noch mehr.

»Für so etwas darfst du nicht dein Leben riskieren«, sagte der Vater ernst.

»Die wird morgen schon wieder trocken«, sagte die Mutter.

»Sie *ist* schon trocken«, sagte Jona.

»Mach gefälligst keine blöden Witze«, sagte der Vater, und ein zweites Mal zerriss ein Blitz die Wolkendecke und schlug irgendwo im Bachbett ein. Der Donner, der dazu krachte, hallte noch lange von den Abhängen wider.

Mona begann zu weinen, und die Mutter versuchte sie zu trösten. Ihr Haus habe einen Blitzableiter, und sie müsse keine Angst haben.

Jona erzählte nun, dass der ganze Kamelfelsen samt der Decke darauf trocken gewesen sei, drum habe er die Decke auch nicht mitgenommen.

Als der Vater sagte, das sei nicht möglich, und die Mutter nur den Kopf schüttelte, sagte Jona trotzig, wenn sie ihm nicht glaubten, könnten sie ja nachschauen, wenn das Gewitter vorbei sei.

Dann trocknete die Mutter die Kinder mit einem Frottiertuch ab, zum zweiten Mal an diesem Tag, machte für alle einen heißen Tee, und danach spielten sie am Küchentisch eine Runde »Mensch ärgere dich nicht«. Zu Jonas Ärger gewann seine kleine Schwester, die dauernd Sechser würfelte.

Indessen verzog sich das Gewitter talabwärts, und noch während der letzte Regenschleier über dem Tal hing, schien die Sonne wieder.

»Schaut mal, ein Regenbogen!«, sagte der Vater, als er zum Fenster hinausschaute.

»Wie schön!«, rief die Mutter.

»Der geht zum Kamelfelsen!«, rief Jona. »Kommt!«

Nun zogen sich alle rasch die Schuhe an. Sie gingen über den Fußweg, der vom starken Regen aufgeweicht war, zum Felsen, und die nassen Gräser, die in den Weg hineinhingen, streiften immer wieder ihre Beine.

Wie groß war das Erstaunen der Eltern, als sie beim Kamelfelsen angelangt waren und diesen vollkommen trocken vorfanden. Auch die Decke hatte keinen Spritzer abbekommen. Ungläubig zupfte die Mutter an der Decke, ob da nicht vielleicht doch noch ein paar Tropfen heraussprangen, und der Vater blickte nach oben, obwohl er genau wusste, dass da weder ein Dach noch irgendeine große Tanne war, die den Stein vor dem Regen hätten schützen können.

»Braves Kamel!«, sagte Mona und tätschelte den Felsen, und gleich darauf schrie sie: »Es ist warm!«

Alle legten nun ihre Hände auf den Stein, und tatsächlich ging eine angenehme Wärme von ihm aus.

Jona war zufrieden. »Seht ihr? Ich hab's ja gesagt.«

Die Kommentare der Eltern waren ziemlich kurz. Der Vater sagte: »Tja«, und die Mutter: »So etwas.«

Dann fragte Jona: »Wo ist jetzt das Ende des Regenbogens?«

Das sehe man nie, wenn man dort sei, wo man es vorher zu sehen glaubte, meinte die Mutter.

»Dort ist es!«, rief Mona und zeigte auf den größten Steinmann, den sie gemacht hatten.

»Vielleicht ist dort ein Schatz«, sagte der Vater und lachte.

Jona und Mona wurden ganz aufgeregt und fragten, wieso dort ein Schatz sein solle, und der Vater erzählte ihnen, es gebe einen alten Volksglauben, dass man am Ende eines Regenbogens einen Schatz finde, aber das sei ein Witz, die Mutter habe ihnen ja schon gesagt, dass man das Ende nie wirklich finde. Trotzdem rannten Jona und Mona los und suchten den ganzen Boden um den Steinmann herum ab.

Mona war sehr enttäuscht, doch Jona gab nicht so rasch auf und sagte, sie müssten graben, Schätze seien ja oft unter dem Boden. Nun begannen beide, mit den bloßen Händen im nassen Sand zu wühlen, und machten sich fast so schmutzig wie am Nachmittag beim Schweinefüttern.

»Hört auf!«, rief der Vater. »Ich hab doch gesagt, es sei ein Witz!«

Da streckte Mona ihre Hand in die Höhe und schrie: »Ein Schatz, ein Schatz!«

Sie hatte ein Geldstück gefunden.

»Gib her!«, sagte Jona und wollte es ihr aus der Hand nehmen,

aber Mona umschloss es mit der Faust und wehrte sich: »Der Schatz gehört mir!«

»Aber *ich* habe gesagt, wir müssen graben«, murrte Jona.

»Kinder, nicht streiten«, mahnte die Mutter, »lasst uns doch den Schatz einmal ansehen. Zeigst du ihn uns?«

Mona öffnete die Hand, und darin lag etwas, das nur eine Münze sein konnte, obwohl sie von einer Dreckkruste überzogen war.

Die Mutter zog ein Taschentuch hervor und begann die Erde und den Sand vom Fundstück abzuwischen. Nun war deutlich zu sehen, dass es sich um eine Münze handelte, eine, die dicker war als die heutigen Münzen, mit dem abgeschabten Bild eines Kopfes drauf und einigen unlesbaren Buchstaben, die den Kopf umrahmten.

»Daniel, was hältst du davon?«, sagte sie zum Vater. Der Vater hieß, das wisst ihr noch gar nicht, der Vater hieß Daniel, und die Mutter, damit dies auch gleich gesagt ist, die Mutter hieß Ruth.

Daniel schüttelte den Kopf und murmelte: »Ich verstehe überhaupt nichts mehr«, während Jona und Mona um ihn herumtanzten und jubelten: »Ein Schatz! Ein Schatz!«

»Wisst ihr, was das Verrückte an diesem Geldstück ist?«, fragte der Vater, als er es in der Hand hielt.

Jona und Mona blieben stehen, und die Mutter blickte gespannt auf den Vater.

»Es sieht aus wie eine römische Münze.«

VIER

Das Haus, in dem unsere Familie ihre Ferien verbrachte, war ein altes Maiensäss. So nennt man Alphütten, die früher nur einige Wochen im Jahr benutzt wurden, und zwar bevor man mit dem Vieh im Sommer auf die oberste Alp ging.

Es stand in einem abgelegenen Seitental und war sehr einfach eingerichtet. Da eine Stromleitung bis zur Alp hinaufführte, gab es zwar Strom, aber kein Telefon. Auch der Mobilfunk kam nicht bis hierher.

Wenn man mit dem Handy telefonieren oder eine SMS empfangen oder schicken wollte, musste man zehn Minuten durch den Wald hinaufgehen, bis man eine Felskanzel erreichte, von der aus man auf die Umsetzerantenne des Haupttales sah.

Deshalb konnten die Eltern auch nicht im Internet nachsehen, was unter »römische Münzen« zu finden war und ob es vielleicht eine Abbildung gab, welche dem Geldstück glich, das Mona gefunden hatte.

Am nächsten Morgen untersuchten sie die Münze nochmals genauer. Die Mutter hatte sie am Abend zuvor sorgfältig abgebürstet, hatte versucht, die Schmutzreste zwischen den Buchstaben und den erhöhten Stellen zu entfernen, hatte sie danach mit Seifenwasser gewaschen, und nun lag sie sauber und getrocknet vor ihnen auf dem Küchentisch.

Der Kopf darauf schaute nach rechts, die Nasenspitze war abgeschlagen, und den Schädel schmückten zwei Blätter. Von der Schrift am Rand der Münze waren nur die Buchstaben ES und UGU zu lesen. Die Rückseite war so abgeflacht, dass man nichts Genaues erkennen konnte, am ehesten gehörten die Erhebungen darauf zu einem Zweig oder einer Ähre.

»Ist die echt?«, fragte Jona.

»Nicht auszuschließen«, meinte der Vater.

»Das wäre ein Glücksfall«, fügte die Mutter hinzu.

»Was bedeutet die Inschrift?«, wollte Jona wissen, aber weder der Mutter noch dem Vater kam eine Erklärung für die Buchstaben ES und UGU in den Sinn.

»Der Mann heißt Ugu«, sagte Mona.

Alle lachten, aber Mona beharrte darauf. »Wenn es doch draufsteht«, sagte sie.

Der Vater zeigte ihr, wie viel Platz es noch gab für andere Buchstaben, und erklärte ihr, dass das nur ein Teil einer längeren Inschrift sein konnte. Er zog seinen Geldbeutel hervor und nahm ein 20-Rappen-Stück heraus. Das Tal lag in den Schweizer Bergen, und in der Schweiz bezahlt man nicht mit Euro und Cents, sondern mit Franken und Rappen.

»Siehst du die lange Inschrift um den Frauenkopf herum? So muss das auch auf der römischen Münze sein.«

»Wer ist die Frau?«, fragte Mona.

»Die Helvetia«, sagte die Mutter.

»Ist das eine Königin?«

Wieder mussten alle lachen.

»Wir haben keine Königin«, belehrte Jona sie.

»Es ist eine Symbolfigur«, sagte der Vater, aber weder Mona noch Jona wusste, was eine Symbolfigur war.

»Sie verkörpert einfach die Schweiz«, sagte die Mutter, »und es ist schön, dass sie eine Frau ist.«

»Und was steht darum herum geschrieben?«, fragte Mona.

»Confoederatio Helvetica«, sagte der Vater, und bevor eines der Kinder fragen konnte, was das heiße, sagte er, das sei lateinisch und bedeute die Schweizerische Eidgenossenschaft, und ob ihnen zu den Anfangsbuchstaben etwas einfalle, zu C und H.

»Das Autokennzeichen!«, rief Jona. »Auf unseren Autos steht als Land ›CH‹.«

Der Vater lobte ihn, und die Mutter fand, eigentlich sei es seltsam, dass die Inschrift lateinisch sei, in der Sprache der Römer, denn die Helvetier, die früher die Schweiz bewohnt hätten, seien doch mit den Römern verfeindet gewesen.

Mona hatte genug von all den Erklärungen und fragte Jona: »Kommst du mit mir raus, einen Römer machen?«

Jona war einverstanden, und sie gingen zum größten ihrer Steinmänner, die sie im Bachbett aufgeschichtet hatten.

»Das ist er«, sagte Jona, und zusammen überlegten sie sich, was ein Römer brauchte, der auf diesem alten Pass unterwegs war. Wenn es ein Soldat war, musste er einen Speer haben, und sicher auch einen Helm. Wahrscheinlich trug er auch eine Rüstung.

Den Speer brach sich Jona von einem Haselstrauch ab und spitzte ihn mit seinem Taschenmesser zu.

Mona schlich sich in die Küche, holte dort einen Suppentopf und eine Rolle Alufolie.

Zusammen suchten sie einen Stein als Kopf, einen Stein, auf den der Topf passte, und setzten ihn dann zuoberst auf den Steinmann. Doch gleich danach mussten sie ihn nochmals abnehmen, denn der Römer brauchte ja noch eine Rüstung. Sie rissen lange Alufolienstreifen ab, legten sie ihm über Brust und Rücken und setzten dann Kopf samt Topf wieder auf. Den Speer lehnten sie an die Figur an.

»Was ist denn das?«, fragte die Mutter, die auf einmal hinter ihnen stand.

»Ein römischer Soldat«, sagte Jona, »er kommt von Italien her über den Pass und will nach Helvetien.«

»Er heißt Ugu«, ergänzte Mona.

»So so«, sagte die Mutter und lächelte, »und dafür habt ihr meine ganze Alufolie gebraucht.«

»Aber es ist noch welche da«, sagte Jona, und Mona fügte hinzu: »Für den nächsten Soldaten.«

»Kommt zuerst Mittagessen«, sagte die Mutter, »ich hab lange den Suppentopf gesucht, jetzt gibt es halt Spiegeleier.«

»Ugu braucht aber einen Helm«, sagte Mona.

»Er ist schließlich Soldat«, sagte Jona, aber beiden war es nicht ganz wohl dabei, und sie waren froh, als die Mutter nur lachte und sagte: »Ihr hättet mich ruhig fragen können.«

Die Spiegeleier schmeckten wunderbar, und sogar die Scheiben vom Alpkäse waren gar nicht so schlecht, denn die Mutter hatte sie in der Pfanne leicht angebraten und dann auf ein Stück Butterbrot gelegt.

Als die Eltern sagten, am Nachmittag wollten sie alle spazieren gehen, machten die Kinder lange Gesichter.

»Was wollt *ihr* denn machen?«, fragte der Vater.

»Einen Römer«, sagte Mona.

»Und ich gehe auf Schatzsuche«, sagte Jona.

Er hatte im alten Stall neben dem Maiensäss eine kleine Hacke gefunden, mit der er graben wollte.

Die Eltern ließen dann die Kinder alleine spielen und machten einen Spaziergang durch den Wald. Die Mutter hatte ihnen verboten, noch mehr Alufolie zu verbrauchen, und auch die Pfanne wollte sie am Abend wieder zurückhaben. »Es müssen ja nicht noch mehr Soldaten sein«, sagte sie.

Als sie wieder zurückkamen, staunten sie.

Jona hatte im alten Stall noch eine rostige Pfanne gefunden, die er nun dem Römer aufgesetzt hatte. Einen Steinmann hatten sie mit Vaters Windjacke und seinem Filzhut bekleidet, der Steinfrau hatten sie Mutters blauen Regenmantel umgehängt, und mit ihrem bunten Sonnenhut hatten sie ihren Kopf bedeckt.

»Ein Soldat genügt«, sagte Jona.

Die Mutter musste lachen und sagte, die Frau sei aber dicker als sie.

»Sie hat ein Kind im Bauch«, sagte Mona.

»Und wie ging's mit der Schatzsuche?«, fragte der Vater und schaute auf die Löcher im Sand, die da und dort zu sehen waren.

»Nichts«, sagte Jona, »ich warte jetzt auf den nächsten Regenbogen.«

FÜNF

Als die Kinder am Abend dieses Tages zu Bett gegangen waren und ihnen die Mutter noch ein Kapitel aus »Heidi« erzählt hatte, weil das eine Geschichte war, die in den Bergen spielte, kam sie zurück in die kleine Stube, wo der Kachelofen eine angenehme Wärme verbreitete.

Der Vater saß dort vor einem Glas Wein und hatte auch eines für seine Frau eingeschenkt.

Sie ließ sich auf einen Korbsessel sinken, hob ihr Glas, und sie stießen miteinander an. Es klang wie eine feine Glocke.

»Prost, Daniel!«

»Prost, Ruth!«

Sie tranken einen Schluck und schwiegen beide eine Weile.

»Woran denkst du?«, fragte Ruth schließlich.

»An das, was ich nicht verstehe.«

Daniel arbeitete als Buchhalter in einer Versicherungsgesellschaft. Er kannte sich gut aus mit Zahlen, er merkte sofort, wenn etwas in einer Rechnung nicht stimmte, und ging der Sache so lange nach, bis er Klarheit hatte. Umso mehr störten ihn Dinge, bei denen er keine Klarheit gewinnen konnte.

»Du meinst die römische Münze?«

»Die ist merkwürdig genug, wenn es denn wirklich eine ist. Aber immerhin wurden im Tal schon Münzen gefunden, weiter oben zwar, aber da der Pass offenbar zu römischer Zeit benutzt wurde, ist es ja möglich, dass die eine oder andere Münze noch zum Vorschein kommt.«

»Am Ende eines Regenbogens …«

»Das war ja ein Zufall – dabei hab ich deutlich gesagt, es sei ein Witz.«

»Nun war es eben kein Witz und vielleicht auch kein Zufall«, sagte Ruth.

»Wieso?«

»Man ist hier oben etwas näher bei dem, was die Leute früher glaubten. Die meisten Sagen werden doch aus dem Alpengebiet erzählt.«

»Wie gesagt, das mit der Münze mag ja noch sein. Ich finde übrigens, wir sollten sie auf der Rückfahrt im historischen Museum der Kantonshauptstadt vorbeibringen.«

Ruth nickte und trank noch einen Schluck. »Aber …?«

»Aber dass ein Felsen mitten im strömenden Regen trocken bleibt, samt der Wolldecke darauf …«

Er schüttelte den Kopf und trank ebenfalls einen Schluck.

»Sag mal, Daniel, heute sind wir doch auf unserem Spaziergang am Eulenfelsen vorbeigekommen und haben den Witz gemacht, den wir mit unsern Kindern immer machen. Als ich die Augen schloss, hast du da den Eulenschrei gemacht?«

»Ich?«, fragte Daniel. »Wie kommst du darauf? Ich dachte, das seist du.«

»Nein, ich war es nicht«, sagte Ruth.

Daniel war baff. »Ich auch nicht.«

Jetzt bekam Ruth eine Gänsehaut. »Wo sind wir hier?«, fragte sie.

»Das frag ich mich langsam auch«, sagte Daniel.

»Vielleicht«, sagte Ruth, »sind wir in eine Alpensage hineingeraten.«

»Ach wo«, sagte Daniel, »Sagen sind erfunden. Die haben sich die Leute erzählt, als sie noch nicht wussten, dass es keine Geister gibt.«

»Bist du sicher?«

»Aber ja.«

»Und was ist mit dem Eulenfelsen?«

»Da war offenbar eine Eule ganz in der Nähe und hat losgekrächzt, als wir da waren. Vielleicht hat sie uns gesehen und wollte die anderen warnen.«

»Mir schien, der Eulenschrei sei aus dem Innern des Felsens gekommen.«

»Da musst du dich getäuscht haben.«

Daniel sagte nicht, dass auch er den Eindruck gehabt hatte, der Fels habe geschrien.

»Also«, sagte Ruth, »nehmen wir an, wir haben uns getäuscht und eine Eule hat ganz nahe von uns ihren Ruf ausgestoßen, aber was genau war denn mit dem trockenen Kamelfelsen? Und warm war er ja auch, oder haben wir uns da noch einmal getäuscht?«

Beide seufzten. Ruth war Berufsberaterin, sie stand mit beiden Beinen im Leben, und auch sie ging davon aus, dass ein Fels kein Eigenleben hatte.

Die Tür ging auf, und Mona kam herein, mit ihrem Stoffhasen in der Hand und mit Tränen in den Augen.

»Was gibt's denn, mein Kleines?«, sagte Ruth und nahm sie in ihre Arme.

Mona schluchzte. »Ich kann nicht schlafen.«

»Warum nicht?«

»Wegen Ugu.«

»Der tut dir nichts, den habt ihr ja selber gemacht.«

»Er kommt den Berg herunter, und hinter ihm kommen noch viel mehr. Papi hat gesagt, die Römer kommen, wenn wir schlafen.«

»Das war ein Witz, Mona!«, rief der Vater.

»Das hast du beim Schatz auch gesagt, und dann war es doch wahr.«

»Darüber bin ich selber am meisten erstaunt«, sagte der Vater, »aber vor den Römern brauchst du wirklich keine Angst zu haben.«

Mona legte ihren Kopf auf den Schoß ihrer Mutter, der Vater wollte seine Windjacke holen und merkte, dass sie noch draußen über dem Steinmann hing. Er zog sich seinen Pullover aus und deckte seine Tochter damit zu. Bald schlief Mona ein.

»Daniel, ich glaube, du musst vorsichtiger werden mit deinen Witzen«, sagte Ruth und lächelte.

»Versprochen«, sagte Daniel und hob sein Glas.

Dann sagte er, er wolle morgen gerne zu Samuel, um ihm von der Münze und vom Kamelfelsen zu erzählen.

Vielleicht wäre es besser, die Kinder nicht mitzunehmen, meinte Ruth. Nicht, dass Samuel Dinge erzähle, die ihnen Angst machten.

Das werde nicht leicht sein, sagte Daniel, sie lieben die Schweine und die Esel und mögen auch den Samuel.

»Sag einfach, du wollest den neuen Alpkäse ausprobieren.«

»Ich dachte, ich soll keine Witze mehr machen.«

Als Mona tief genug schlief, nahm Daniel sie hoch und trug sie vorsichtig ins Bett hinüber.

»Sie schlafen beide«, sagte er, als er zurückkam.

Von draußen hörte man den Schrei einer Eule.

Beide horchten auf. Dann lachten sie und tranken ihre Gläser aus.

»Was für ein merkwürdiges Tal«, sagte Daniel.

SECHS

Samuel drehte die Münze in seinen großen Händen und schaute sie von beiden Seiten genau an.

»Ich kenne mich nicht aus mit Münzen«, sagte er, »aber die sieht ziemlich echt aus.«

Daniel sagte, er wolle sie auf der Heimfahrt dem historischen Museum bringen.

Samuel nickte. Dort seien auch die anderen, die man im Tal gefunden habe. Er schaute den Kopf nochmals an: »Ein schöner Kerl.«

»Er heißt Ugu«, sagte Jona.

»Meinst du?« Samuel runzelte einen Moment die Stirn, als denke er über etwas nach. Dann lachte er. Er hatte die Inschrift auch gelesen.

Jona hatte seinem Vater so lange in den Ohren gelegen, bis er ihn mitgenommen hatte. »Also gut, machen wir einen Männerausflug«, hatte er gesagt.

Die Mutter hingegen konnte Mona überzeugen, dass ein Frauennachmittag etwas ganz Besonderes sei, und war mit ihr zurückgeblieben.

»Wer hat eigentlich die Münzen weiter oben gefunden?«

»Kinder«, sagte Samuel. »Eines davon war meine Urgroßmutter. Sie und ihre zwei Schwestern hatten einen toten Vogel gefunden, eine Bergdohle, und wollten sie begraben. Dabei sind sie wohl auf die drei Münzen gestoßen.«

Daniel musste schmunzeln. Kinder schienen ein Talent als Schatzgräber zu haben.

Danach habe ein Archäologe mit einigen Studenten an verschiedenen Orten gegraben und dabei tatsächlich noch den Griff eines Dolchs gefunden. Er habe daraus geschlossen, dass römische Soldaten diesen Passübergang benutzt hätten.

»Aber wir im Tal haben das natürlich schon lange gewusst.«

»Aha. Woher?«

Sie saßen vor der Alphütte, und Samuel kraulte seinen Sennenhund Bläss, der den Kopf auf sein Knie gelegt hatte, hinter den Ohren.

»Als man vor ein paar Hundert Jahren diese Alphütten errichtete, hat man den Weg etwas nach unten verlegt. Hier war der Boden ein Stück weit eben, das war günstiger zum Bauen. Eine alte Frau hatte damals vergebens davor gewarnt. Die Römer verstünden keinen Spaß, hatte sie gesagt. Man erzählte sich im Tal, in gewissen Nächten komme ein Zug römischer Soldaten über diesen Weg vom Pass ins Tal hinunter, auf dem Weg nach Norden, zum Krieg gegen die Germanen. Und dann geschah es, dass einer meiner Vorfahren, der Bartlomé, seinem Hirten sagte, er müsse heute ins Dorf hinunter, weil sein Vater im Sterben liege, und er solle nachts die beiden Stalltore offen lassen, falls die Römer kämen. Es war Vollmond, und der Mars war so nahe an der Erde wie schon lang nicht mehr. Der Hirte lachte nur und machte sich gar nichts aus diesem Rat. Er schloss am Abend das vordere und das hintere Stalltor und legte sich mit dem Hirtenbub im Heu schlafen.

Mitternacht war's, da erwachte er, weil er ein Rumpeln hörte, und das Gemurmel vieler Menschen und ein Klirren und ein Getrappel von Pferdehufen. Vor dem oberen Stalltor kam alles zum Stillstand. Dann hörte es der Hirte mächtig an das Stalltor klopfen, und eine Stimme befahl ihm, das Tor aufzumachen. Er zog sich seine Wolldecke über die Ohren und verkroch sich so tief wie möglich ins Heu, aber das Pochen und die Stimme wurden lauter, bis der Hirte schließlich nach unten ging und zitternd das vordere und das hintere Stalltor öffnete, und dann zogen sie durch, Hunderte von römischen Legionären, mit festem Schritt und scheppernden Rüstungen, und am nächsten Tag, als Bartlomé wieder kam, hatten alle Kühe den Euterbrand und gaben keine Milch mehr, und der Hirte hatte einen geschwollenen Kopf und ist drei Tage später gestorben.«

Jona war etwas näher an seinen Vater gerückt. Dann schaute er zur Stalltür hinüber. Sie stand offen.

»Ja«, sagte Samuel, »seither bleibt die Stalltür offen, auch in der Nacht. Die vordere und die hintere.«

Aber die Römer seien doch schon lange tot, sagte Jona leise, halb zu seinem Vater, halb zu Samuel.

Ja, darüber werde viel gerätselt, meinte Samuel, »und weißt du, was ich glaube? Schau dir diese Mauer an«, und er zeigte auf die Mauer seiner Sennhütte, vor der sie saßen, »ist sie ganz?«

Jona sah, dass sie im unteren Teil einen ganz feinen Riss hatte.

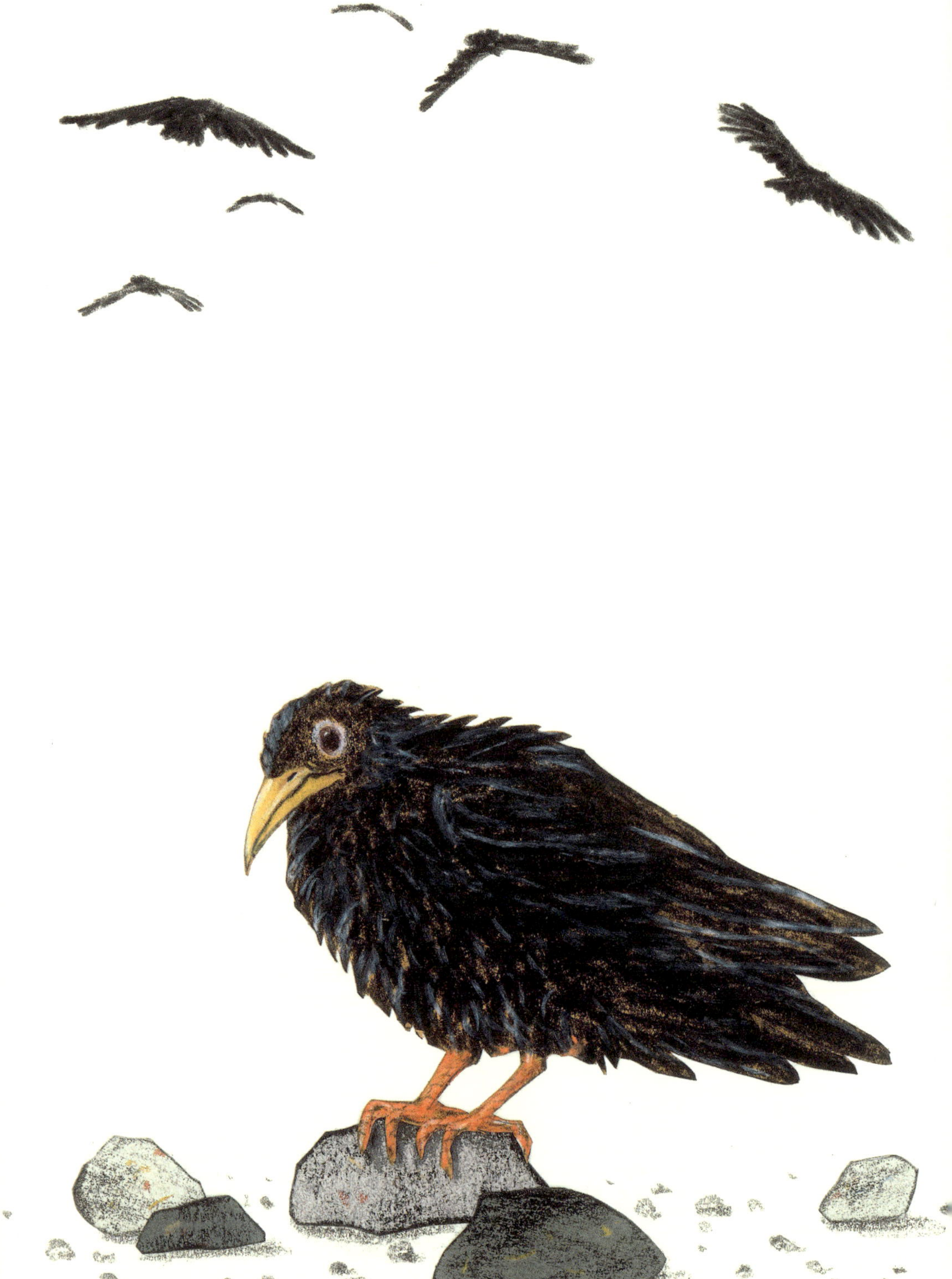

»Eben, du siehst ihn, den Riss. Und so wie eine Mauer Risse haben kann, hat auch die Zeit Risse, ganz kleine, feine Risse, Spalten. Ab und zu aber öffnet sich ein solcher Zeitspalt, und wir sind in einer anderen Zeit, oder die andere Zeit ist bei uns.«

»Und warst du schon in einer anderen Zeit?«

Samuel lächelte. »Wenn die andere Zeit zu uns kommt, sehen sie auch die Erwachsenen, aber in die andere Zeit gehen, so sagt man, das können nur die Kinder.«

»Und wie kommen sie wieder zurück aus der anderen Zeit?«

»Meine Urgroßmutter hat mir einmal, als ich noch sehr klein war, ein Zauberwort zugeflüstert, das man ja nicht vergessen sollte.«

»Und wie heißt es?«

Samuel lachte lange und sagte dann: »Ich hab's vergessen!«

Jona war enttäuscht. Irgendwie war das typisch für die Erwachsenen. Erzählen einem Dinge, von denen man nicht weiß, ob man sie glauben soll, und wenn es zum wichtigsten Punkt kommt, weichen sie aus.

»Und was ist eigentlich mit den Felsblöcken im Tal?«, fragte der Vater und erzählte ihm die Geschichte vom Kamelfelsen, der mitten im Gewitter trocken geblieben war.

Samuel hob seine buschigen Augenbrauen und nickte: »Das kommt vor ... ja, das kommt vor ... aber sehr selten.«

Und nachdem er lange geschwiegen hatte und ihn Jona und der Vater erwartungsvoll angeblickt hatten, fuhr er fort:

»Die Felsblöcke, die an den Hängen und im Tal liegen, waren ja früher, in uralten Zeiten, alle oben auf den Bergen. Oben auf den Bergen sind die Dohlen zu Hause, die schönen schwarzen Vögel, die in Schwärmen zusammenleben. Dort drüben seht ihr grad ein paar, wie sie über der Weide kreisen, wo die Kühe grasen. Man sagt, dass immer wenn die Menschen es an Respekt vor der Natur fehlen ließen, die Dohlen einen Felsblock ins Tal stießen. Wenn ein Bursche einem Frosch mutwillig die Beine ausriss oder ein anderer einer gefangenen Eule die Augen ausstach oder wenn einer grundlos eine Eidechse zertrat, kollerte also kurz danach ein Felsblock ins Tal, und man sagt, dass den Felsblöcken ein Stück Leben geblieben sei. Der dort drüben« – und er zeigte auf einen Stein, der steil in die Höhe ragte – »fiel erst vor etwa 100 Jahren herunter, als ein Hirte ein Murmeltier fing und es ins siedende Wasser warf.«

»Und Kamele? Gab es auch Kamele?«, fragte Jona.

»Wer weiß?«, sagte Samuel. »Vielleicht kamen einmal ein paar mit den Römern mit. Elefanten sind jedenfalls auch schon über die Alpen gezogen, vor 2000 Jahren.«

»Aber Vögel können doch keinen Felsblock hinunterstoßen?«

Samuel blickte zum Himmel. »Es sind kluge und geheimnisvolle Tiere«, sagte er.

Der Dohlenschwarm kam von der Weide herübergeflogen, und krächzend und flatternd setzten sich die schwarzen Vögel auf das Dach des Stalles.

Bläss knurrte.

SIEBEN

»Kinder, kommt herein, es fängt an zu regnen!«, rief die Mutter aus dem Haus zu Jona und Mona hinunter, die im Bachbett schon den ganzen Tag Steine aufeinandergeschichtet hatten.

Aber sie waren so in ihre Arbeit vertieft und der Bach rauschte so laut, dass sie ihre Mutter nicht hörten und erst aufblickten, als sie mit einem großen Regenschirm neben ihnen stand. »Kommt, ihr seid ja schon ganz nass.«

»Wir haben schon zwölf Römer!«, sagte Jona mit roten Backen und zeigte auf die Kolonne von Steinmännern hinter dem Anführer mit dem rostigen Pfannenhelm auf dem Kopf.

»Siehst du ihre Speere?«

Alle hatten einen Haselstock, den Jona neben ihnen in den Boden gesteckt hatte. »Damit zeigen sie es den Germanen, wenn es zum Kampf kommt.«

Sein Haar war schon feucht vom Regen, und er dampfte vor Begeisterung.

»Salve!« Die Mutter hob ihre linke Hand und lachte.

»Was heißt das?«, fragte Jona.

»So haben sich die Römer begrüßt, und so grüßt man sich in Italien noch heute.«

»Ui, jetzt wird die Frau mit dem dicken Bauch nass«, klagte Mona, »darf sie wieder deinen Regenmantel haben?«

»Nein, nein, die kommt aus den Bergen, und ihr macht Regenwetter überhaupt nichts aus. Kommt jetzt!«

»Und wenn das Kind auf die Welt kommt?«

»Dann wird es gleich gewaschen«, sagte die Mutter und lachte, »die Römer werden es sicher beschützen.«

»Der Mann und die Frau wohnen hier«, sagte Mona, »aber die Römer gehen weiter.«

Schließlich ließen sich die zwei Kinder überreden, ins Haus zu kommen, wo sie die Mutter abtrocknete und ihnen einen heißen Tee machte.

Der Vater saß in der Stube und las die Zeitung. Er war mit dem Auto zum Einkaufen ins Dorf hinuntergefahren und hatte auch die Post geholt, die sie sich nachschicken ließen.

»Schaut mal, das ist ein Foto vom Kometen. Das hat man vor zwei Tagen von einer Sternwarte aus gemacht.«

Die Kinder wunderten sich, dass er nicht größer war, aber der Vater sagte, sie müssten ihn mit den anderen Sternen vergleichen, die man auf dem Bild sehe, dann würden sie merken, dass er viel größer war.

In Wirklichkeit sei er gar nicht größer als die Sterne, nur viel näher bei der Erde, und morgen sei er am nächsten.

»Hoffentlich regnet es dann nicht«, sagte die Mutter, »das wäre schade.«

Der Vater schlug die Wetterseite der Zeitung auf und sagte, für morgen sei schönes Wetter vorausgesagt.

»Wer's glaubt«, spöttelte die Mutter. Im Moment prasselte der Regen mit solcher Stärke aufs Dach, dass man beim Sprechen die Stimme anheben musste.

»Es ist Samstag«, sagte der Vater, »im Himmel mussten alle Engel baden, und jetzt leeren sie die Badewannen aus.«

Ein Blitz erhellte die Stube.

»Ein Kurzschluss im Himmel«, sagte Jona, und als es gleich danach donnerte, sagte Mona: »Jetzt ist eine Badewanne umgefallen.«

»So so, macht nicht solche Witze«, ermahnte die Mutter sie, aber eigentlich freute sie sich, dass sich die Kinder nicht mehr vor dem Gewitter fürchteten wie das letzte Mal.

Alle erschraken, als es an der Haustür klopfte.

Der Vater stand auf und sagte zur Mutter, die zur Tür gehen wollte: »Lass mal. Ich schau nach.«

Draußen stand Samuel. Er hatte eine Pelerine mit einer Kapuze übergezogen.

»Samuel, was für eine Überraschung! Komm herein.«

Samuel zog die nasse Pelerine aus und hängte sie vor der Tür unter das Vordach, dann betrat er zusammen mit Bläss das Haus. Bläss schüttelte sich sofort so stark, dass die Kinder von den Tropfen vollgespritzt wurden und kreischend in die Küche rannten.

Dorthin folgten ihnen auch die Erwachsenen samt dem Hund, Samuel bekam einen Tee, und dann fragten ihn die Eltern, was ihn hierherbringe.

Als er gesehen habe, dass es Regen gebe, habe er einfach nachschauen wollen, ob der Kamelfelsen wieder trocken bleibe.

»Und?«, fragten alle gespannt.

Samuel nickte. »So ist es. Furztrocken. Ich hatte es vermutet.«

»Aber wieso denn?«, fragte der Vater. »Das ist doch gar nicht möglich.«

»Ich glaube, es hängt mit dem Kometen zusammen.«

Was ein Komet am Himmel mit einem Felsblock hier unten zu tun habe, wollte der Vater wissen.

»Ich habe euch ja erzählt, dass manche Felsblöcke so etwas wie ein Eigenleben haben. Und es ist gut möglich, dass das bei einem astronomischen Ereignis stärker zum Vorschein kommt.«

»Weißt du noch, der Eulenstein?«, sagte die Mutter leise zum Vater.

Aber Daniel konnte sich nicht damit anfreunden, dass etwas »gut möglich ist«, das nach unseren Kenntnissen überhaupt nicht möglich ist.

»Wie ist es eigentlich mit den Regenbogen hier oben«, fragte Ruth, »kann es sein, dass sie einem etwas anzeigen?«

»Einen Schatz!«, rief Mona.

Samuel lächelte. »Das kann gut sein.«

Er zog unter seinem Hemd ein ledernes Halsband hervor, an dem ein silberner Stern hing, und erzählte ihnen, dass seine Großmutter als Kind diesen Stern gefunden hatte, als ein Regenbogen beim Murmeltierstein auf der Alp endete und sie sofort dorthin gerannt sei.

»Hat sie ihn ausgegraben?«, fragte Jona.

»Nein«, antwortete Samuel, »er sei einfach dort gelegen, hat sie mir erzählt.« Ihr Vater habe ein feines Loch in den Stern gebohrt, und sie habe ihn von da an immer an diesem Lederband getragen, wenn sie auf der Alp gewesen sei. Bevor sie gestorben sei, habe sie ihn seiner Mutter gegeben, und von seiner Mutter habe er ihn erhalten, und auch er trage ihn immer, wenn er auf der Alp sei.

Ob er keine Schwester habe, fragte Ruth.

Nein, leider nicht, entgegnete Samuel, aber sonst hätte ihn bestimmt die Schwester bekommen, es sei ja eigentlich ein Frauenstern.

»Und wenn du stirbst?«, fragte Mona.

»Aber, Mona«, sagte die Mutter, »so etwas fragt man doch nicht.«

»Dann bekommt ihn meine Tochter«, sagte Samuel. »Sie lebt in Neuseeland und hat eine große Farm mit Schafen. Aber sie muss ihn sich auf der Alp abholen.« Er lachte. Der Gedanke an seinen Tod schien ihm nichts auszumachen.

Draußen hatte es aufgehört zu regnen, und die Sonne brach durch die Wolken.

»Schaut mal, ein Regenbogen!«, rief Jona. »Er hört beim Kamelfelsen auf!«

Barfuß rannten Jona und Mona aus dem Haus. Als sie beim Kamelfelsen ankamen, war der Regenbogen verschwunden. Sie liefen um den ganzen Felsen herum, machten auch mit spitzen Steinen kleine Löcher in den Boden, aber sie fanden nichts.

»Es liegt nicht jedes Mal ein Schatz am Ende des Regenbogens«, sagte Samuel, als sie etwas enttäuscht zum Haus zurückkehrten und er sich mit Bläss für den Rückweg bereit machte, »stellt euch vor, das wäre ja langweilig.«

Schade. Jona und Mona hätten das gar nicht langweilig gefunden.

ACHT

Sie hatten sich gut auf die Nacht vorbereitet, in welcher der Komet am hellsten scheinen sollte.

Jona und Mona hatten so lange darum gebettelt, aufbleiben zu dürfen, bis die Eltern zugestimmt hatten. Aber nach dem Mittagessen mussten sie eine Stunde ins Bett, damit sie genügend ausgeruht waren.

Sie wollten den Himmel unbedingt vom Kamelfelsen aus beobachten. Die Mutter legte ihnen die Satteldecke zwischen die Höcker und machte ihnen auch in einem kleinen Rucksack ein Picknick bereit. Jona hatte danach gefragt; das könne eine lange Nacht geben, hatte er gesagt. Richtig dunkel wurde es ja erst gegen 10 Uhr abends, es konnte also gut Mitternacht werden, bis der Komet in seinem vollen Glanz erstrahlte.

Natürlich konnten sie am Nachmittag überhaupt nicht schlafen, dafür waren sie viel zu aufgeregt.

»Wir sind Sternforscher«, sagte Jona.

»Wir sind in der Nacht immer wach«, sagte Mona.

Am Nachmittag gingen sie mit dem Vater ein kleines Stück Richtung Alp hinauf, bis zu einer Wegkurve, von der aus man auf einen Murmeltierbau am anderen Ufer des Bergbachs sah. Dort konnte man öfters den Murmeltieren zuschauen, wie sie Gras fraßen oder wie die Jungen miteinander spielten und wie dann plötzlich das wachhabende Murmeltier, welches auf dem Hügel über dem Loch das Männchen machte, scharfe Pfiffe ausstieß, weil es vielleicht am Himmel einen Falken oder einen Adler gesehen hatte oder weil irgendwo ein Hund gebellt hatte, und wie daraufhin alle, die draußen waren, auf eines der Löcher des Baus zurannten und darin verschwanden. Dann streckten manchmal noch die Jungen ihre Köpfe heraus, um zu sehen, was es gab, denn sie waren noch nicht lang genug auf der Welt, um alle Gefahren zu kennen, und waren schrecklich neugierig.

»Was machen sie, wenn sie in der Höhle sind?«, fragte Mona.

»Sie schauen Murmeltierfernsehen«, sagte Jona und kicherte.

»Willkommen zur Tagesschau. Bei einem Kampf zwischen Murmel Otto und Murmel Oskar gab es heute einen Verletzten.

Murmel Oskar musste mit einer Bisswunde in die Murmeltierklinik.«

»Und warum haben sie gekämpft?«, fragte Mona.

Jona setzte eine strenge Miene auf und fuhr als Tagesschausprecher fort: »Beide behaupteten, sie seien die richtigen Besitzer der Höhle.«

Mona lachte. »So doof!«

In dem Moment sahen sie, wie auf der anderen Seite zwei Murmeltiere aufeinander losgingen und wie jedes versuchte, das andere zu verjagen. Sie kratzten und bissen sich und stießen schrille Pfiffe dazu aus.

»Siehst du?«, sagte Jona und war fast ein bisschen stolz. Er hatte es bloß erfunden, und schon passierte es.

Schließlich ergriff das kleinere der beiden Tiere die Flucht.

»Das ist Oskar«, sagte Mona, »er muss in die Klinik.«

Sie gingen dann noch ein bisschen weiter, bis sie die Alphütte und den Stall sahen.

Zu einem Mann mit einem Schäferhund, der sie überholte, sagte der Vater, er sollte den Hund an die Leine nehmen, bevor dieser ein Murmeltier jage.

»Der gehorcht mir schon, wenn ich ihn rufe«, sagte der Mann und ging unbeeindruckt weiter.

Auf einmal rannte der Hund den Abhang hoch, weil er ein Murmeltier gesehen hatte.

»Hasso, Fuß!« rief der Mann, aber Hasso dachte nicht daran, Fuß zu kommen, und jetzt brüllte der Mann: »Fuß, Hasso!«

Als Hasso das Murmeltier schon fast erwischt hatte, gellte ein so gewaltiger Pfiff von der Alp herüber, wie ihn weder der Vater noch die beiden Kinder je gehört hatten. Der Schäferhund blieb erschrocken stehen, und das Murmeltier hatte das rettende Loch gefunden und war abgetaucht.

»So ein Pfiff«, sagte der Vater und schüttelte den Kopf, »wo der bloß herkam?«

»Vom Murmeltierfelsen«, sagte Mona, und der Vater schüttelte gleich noch einmal den Kopf.

»Das kann nicht sein«, sagte er, »ich glaube eher, es war Samuel oder einer seiner Hirten.«

»Nein«, sagte Jona, »es war der Murmeltierfelsen. Der hat doch auch ein Eigenleben, hat Samuel gesagt, jetzt, wo der Komet kommt.«

Aber Vater blieb bei seinem Kopfschütteln.

Zum Abendessen gab es Haferbrei mit Apfelmus, und nach einem Kapitel aus »Heidi« ging die Mutter mit den beiden Sternforschern zum Kamelfelsen hinüber. Der Vater gab ihnen noch ein kleines Fernglas mit, »für euer Kamel-Observatorium«, sagte er. Sofort hängte es Jona um.

Im Rucksack, den die Mutter gepackt hatte, war für jedes der Kinder ein Pullover, eine Plastikflasche mit Pfefferminztee, zwei Schinkenbrötchen, ein Apfel, eine Birne und zwei Schokoriegel.

»In der Außentasche ist eine Taschenlampe«, sagte die Mutter zu den Kindern, »für den Rückweg nachts. Aber ihr seht ja das Haus, und wir sehen euch. Papi und ich werden vor dem Haus sitzen, da ist es bequemer. Wenn etwas ist, ruft ihr uns einfach.«

Und sie ging zurück zum Haus.

Jona und Mona kletterten auf den Felsen und richteten sich ein. Jona hängte dem Felsen den Rucksack auf den vorderen Buckel, aber kaum hing er dort, wollte Mona den Pullover haben.

»Es ist doch noch gar nicht kalt«, sagte Jona. »Wenn es noch kälter wird, hast du nichts mehr zum Anziehen.«

»Dann nehme ich deinen«, sagte Mona.

»Den gebe ich aber nicht«, sagte Jona.

»Dann gib mir meinen«, sagte Mona.

Jona gab nach. »Also gut.«

Er nahm den Rucksack vom Höcker, öffnete ihn und gab Mona ihren Pullover. Sie legte ihn zwischen sich und Jona, der vor ihr saß.

»Ich dachte, du willst ihn anziehen«, sagte Jona, als er den Rucksack wieder auf den Höcker hängte.

»Erst wenn ich friere«, sagte Mona.

Sie frotzelten noch ein bisschen hin und her, bis Jona sagte, es reiche, Sternforscher stritten nicht. Dann spielten sie wieder ihr Spiel, sagten einander, wo sie durchritten in der Wüste und wieso es da auf einmal so viele Römer gab.

Als es dunkler wurde, schauten sie zum Himmel hinauf, dorthin, wo es ihnen der Vater angegeben hatte, zum Großen Wagen, und tatsächlich wurde dort ein Stern langsam heller und setzte dem Wagen eine Laterne auf.

»Das ist der Komet«, sagte Jona zu Mona, »siehst du ihn?«

»Wo?«

»Vorne am Großen Wagen.«

Mona sah keinen großen Wagen und sagte, er erzähle ihr nur einen Mist, und Jona gab sich große Mühe, ihr die Stelle am Nachthimmel zu zeigen. Allerdings hatte auch er sich den Kometen etwas größer vorgestellt und dachte schon daran, zurück zum Haus zu gehen und den Vater zu fragen, ob er an die richtige Stelle schaue, da geschah etwas Eigenartiges.

NEUN

Auf einmal wurde es Jona schwindelig, sodass er sich ganz fest am Felsen halten musste, und Mona hielt sich ganz fest an Jona, denn auch ihr war es schwindelig geworden. Der Fels fing an, sich zu bewegen, oder flog er sogar, ein Sausen und Brausen war um die beiden Kinder herum, dass sie die Augen schließen mussten, und als das Sausen vorbei war und sie die Augen wieder öffneten, merkten sie, dass sie nicht auf einem Felsen saßen, sondern auf einem Tier.

Der Granit, an dem sich Jona festgeklammert hatte, war zu einem Fell geworden, von dem ein starker Geruch ausging und in dessen Haare Jona seine Finger krallte. Das Tier unter ihrer Satteldecke bewegte sich langsam vorwärts, sein Rücken hob und senkte sich und schaukelte dabei ein kleines bisschen.

Jona drehte sich zu seiner Schwester um. »Mona, bist du noch da?«

»Du«, sagte sie, »wir sind auf einem Kamel.«

Und so war es. Vor sich hatte Jona einen Höcker, und hinter dem Höcker sah er den langen Hals eines Kamels, und auf diesem Kamel saßen sie, und es trug sie irgendwohin, durch eine sehr kahle Gegend, in der nur ab und zu ein paar dürre Büsche wuchsen. Jona merkte nun, dass das Kamel ein Zaumzeug hatte und dass vor ihm der Zügel dieses Zaumzeugs lag, ein Lederriemen, den man in die Hände nehmen konnte. Das tat er, und es gab ihm gleich einen besseren Halt.

Jona versuchte zu verstehen, was da vor sich ging, aber er verstand es nicht. Doch seltsamerweise hatte er keine Angst, es war, als sei sie vom Sausen und Brausen weggespült worden, und er fühlte sich sehr leicht, fast wie in einem Traum.

»Jona«, fragte Mona, »wo sind wir?«

Ihre Stimme klang zwar neugierig, aber auch ein bisschen verängstigt.

»Du hast es ja gesagt«, antwortete er ihr, »auf einem Kamel.«

»Aber der Felsen …?«

Jona versuchte sie zu beruhigen: »Weißt du, Felsen haben eben auch ein Eigenleben. Er war früher ein Kamel.«

»Und ist jetzt früher?«, fragte Mona.

»Ähm … vielleicht. Das finden wir schon noch heraus.«

Aber vorläufig fanden sie gar nichts heraus.

Ringsum war es ein bisschen so, wie sie sich die Wüste vorgestellt hatten. Kahl und leer. Nur in der Ferne war ein Dorf zu sehen, oder vielleicht war es eine Stadt, Häuser reihten sich auf einer Hügelkuppe aneinander. Das Kamel schien sich in Richtung dieser Häuser zu bewegen. Die Sonne schien ihnen in den Rücken, und sie warfen lange Schatten. Es sah nach Abend aus, und es war angenehm warm.

»Wo gehen wir hin?«, fragte Mona.

»Zu der Stadt dort auf dem Hügel.«

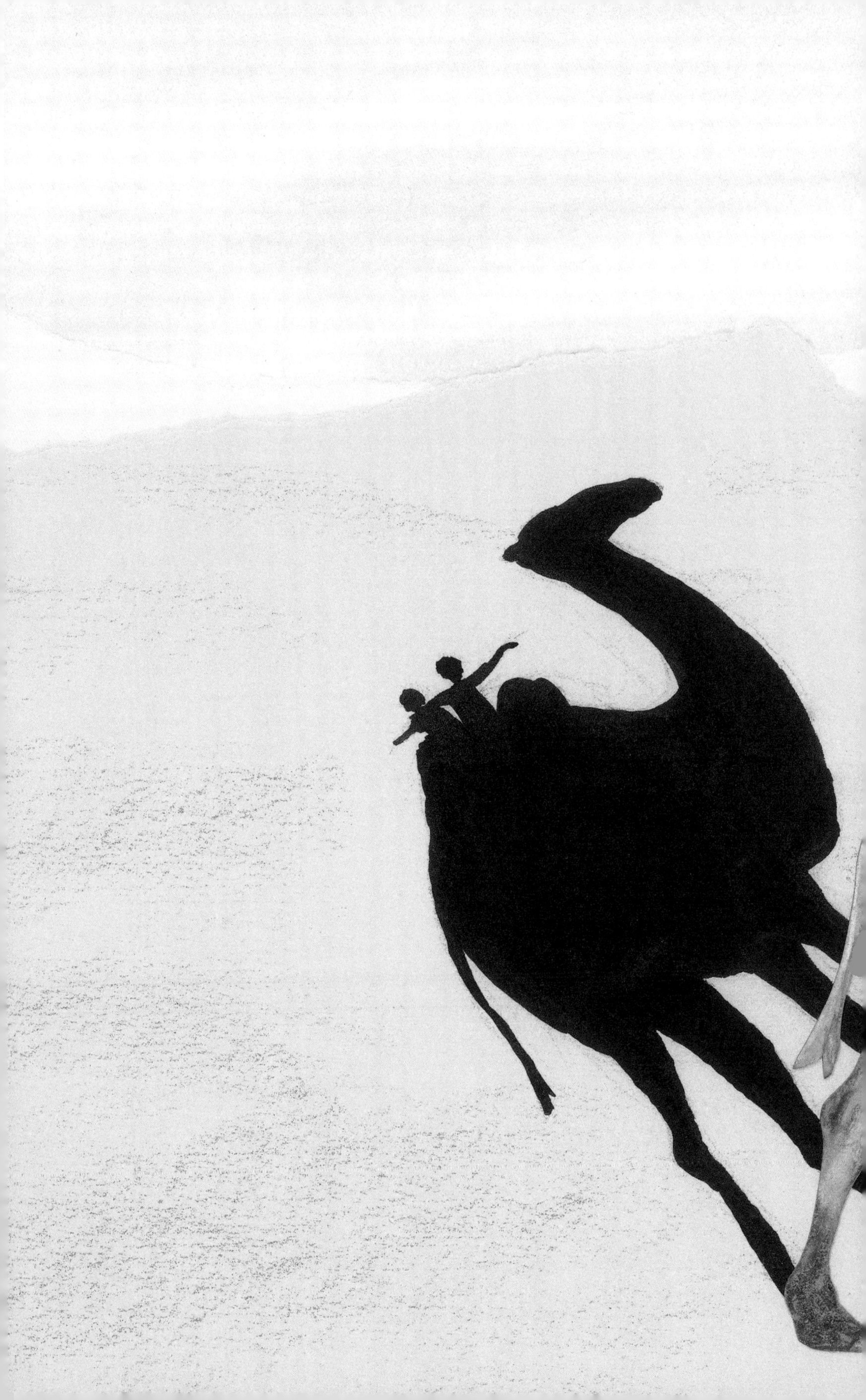

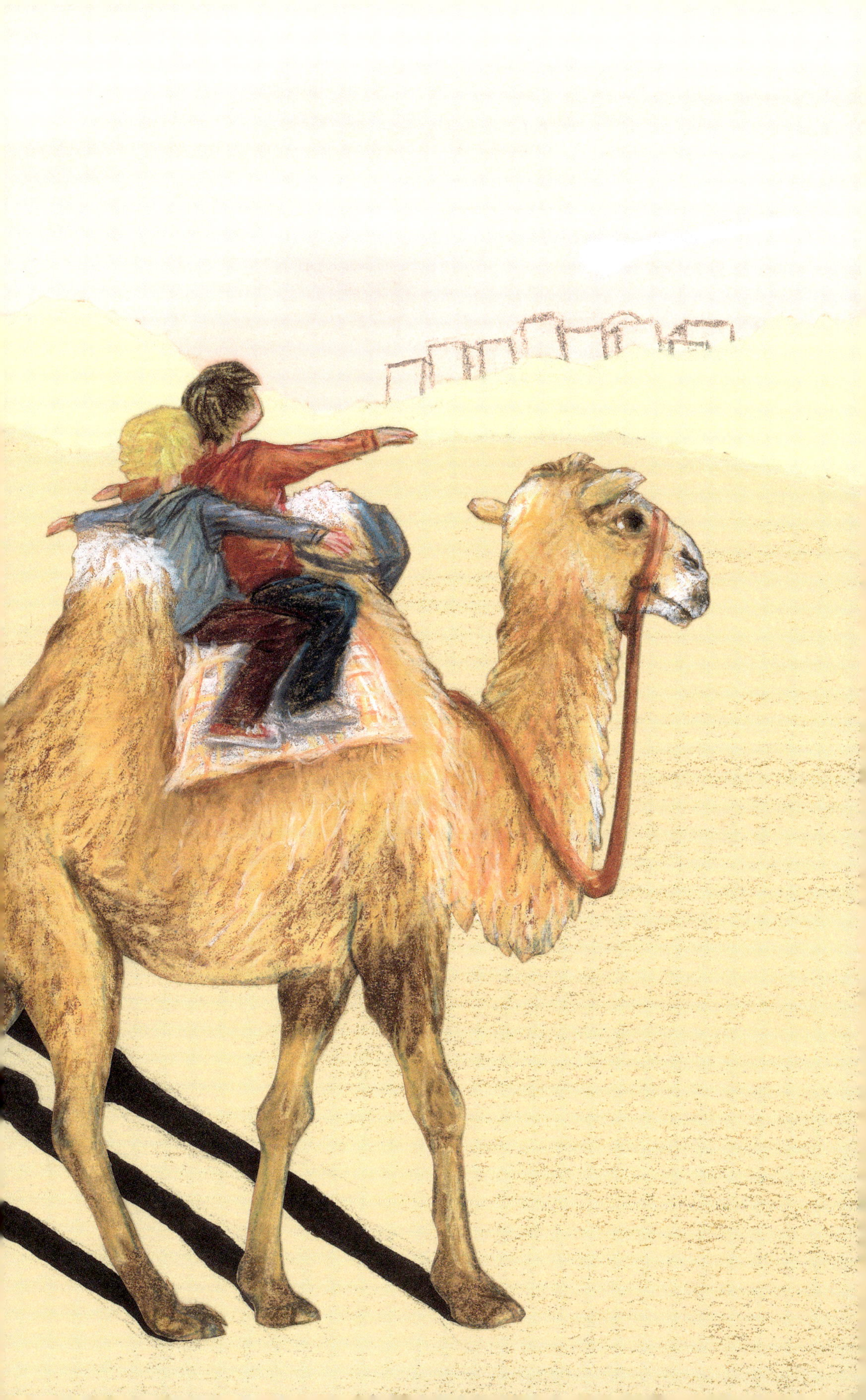

»Kennst du den Weg?«

»Ich glaube, das Kamel kennt ihn«, sagte Jona.

Und so war es. Zielstrebig behielt es die Richtung bei, die zu der Stadt hinführte. Allerdings rückte diese weniger rasch näher, als Jona das erwartet hatte. Auch wurde es langsam kühler.

»Können wir dort übernachten?«, fragte Mona.

»Sicher«, sagte Jona, »aber wir sind ja nicht müde. Wir sind Sternforscher.«

»Wir sind in der Nacht immer wach«, sagte Mona und gähnte.

Auch ihre Angst war durch das Sausen und Brausen weggeblasen worden.

Die Sonne ging nun unter, und es wurde rasch dunkler.

Mona schaute über den Hals des Kamels zum Himmel hinauf.

»Dort ist der Komet!«, rief sie.

Nun sah auch Jona einen Stern, der viel heller leuchtete als der Komet, den er soeben noch vor dem Großen Wagen gesehen hatte.

»Toll«, sagte er, »der muss ganz nah bei der Erde sein.«

Der Komet stand ziemlich genau über der Stadt, und das Kamel ging ziemlich genau auf diese Stadt zu.

»Ich friere«, sagte Mona.

»Dann zieh den Pullover an«, sagte Jona.

Mona tat es.

»Jetzt ist mir wieder warm«, sagte sie.

»Kannst du mir den Pullover aus dem Rucksack geben?«, fragte Jona nach hinten.

Mona begann am Rucksack herumzufingern. »Halt besser das Kamel an«, sagte sie nach einer Weile, »es wackelt zu sehr.«

»Halt!«, rief Jona dem Kamel zu, aber das ging unbeirrt weiter.

»So, halt an!«, rief er. »Stopp!«

Keine Wirkung. Hatte so ein Kamel keine Bremse?

»Du musst am Riemen ziehen, dann hält es«, sagte Mona von hinten.

»Quatsch«, sagte Jona, »ich weiß schon, was ich tun muss.«

Aber er wusste überhaupt nicht, was man tun muss, um ein Kamel zum Stehen zu bringen. Schließlich zog er es doch am Riemen, den er in der Hand hatte, aber statt stillzustehen, fiel das Kamel sogleich in einen leichten Trab.

»So kann ich den Rucksack nicht aufmachen«, sagte Mona.

»Egal«, sagte Jona, »dafür sind wir schneller in der Stadt, dort bleibt es dann schon stehen.«

Mona kicherte. »Das Kamel macht, was es will.«

Jona ließ sich von seiner Schwester nicht ärgern: »Aber es kennt sich aus, das ist gut für uns.«

Und auf einmal war die Stadt nicht mehr so weit entfernt.

Bis jetzt waren sie keiner Menschenseele begegnet, und nun bemerkte Jona, dass sich weiter vorne etwas bewegte, und als sie das Kamel näher heranbrachte, sah er, dass es ein Mann und eine Frau waren, die nur sehr langsam vorwärtskamen. Der Mann trug ein Bündel auf dem Rücken, die Frau hatte nichts bei sich, aber sie war ziemlich dick und hatte einen schweren Gang.

Als sie die beiden eingeholt hatten, hielt der Mann das Kamel am Zügel fest, und sofort stand es still.

Er blickte zu den beiden Kindern hoch und fragte sie etwas.

»Bitte nochmals«, sagte Jona, »ich hab's nicht verstanden.«

Nun blickte die Frau zu ihnen hoch und stellte ihnen ebenfalls eine Frage. Sie seufzte dabei.

Jona blickte zu Mona »Verstehst du, was sie sagt?«

»Die Frau hat einen dicken Bauch«, sagte Mona.

»Und?«

»Sie bekommt bald ein Baby.«

»Und?«

»Ich glaube, sie möchte auf dem Kamel in die Stadt reiten.«

»Und wir?«

»Wir müssen sie aufsitzen lassen. Schau, wie sie schwitzt. Das ist bei Frauen so, wenn sie ein Kind im Bauch haben.«

Das hatte ihr die Mutter gestern bei ihrem Frauennachmittag erzählt.

Mona ließ sich am Kamel hinuntergleiten, und als Jona sah, dass sie auf dem Boden stand, rutschte er ebenfalls von der Satteldecke hinunter.

»Du kannst aufsteigen«, sagte er zu der Frau und zeigte auf das Kamel.

Ihr Mann half ihr nun, auf das Kamel zu klettern, was gar nicht so einfach war, und Jona und Mona unterstützten ihn dabei, indem sie sie an den Füssen packten und ihm halfen, sie hochzustemmen.

Schließlich war sie oben.

»Taudi«, sagte der Mann und streichelte Jona und Mona über den Kopf. Dann nahm er den Zügel des Kamels in die Hand, rief ihm etwas zu, und zusammen mit den Kindern gingen sie nun langsam auf die nahe Stadt zu.

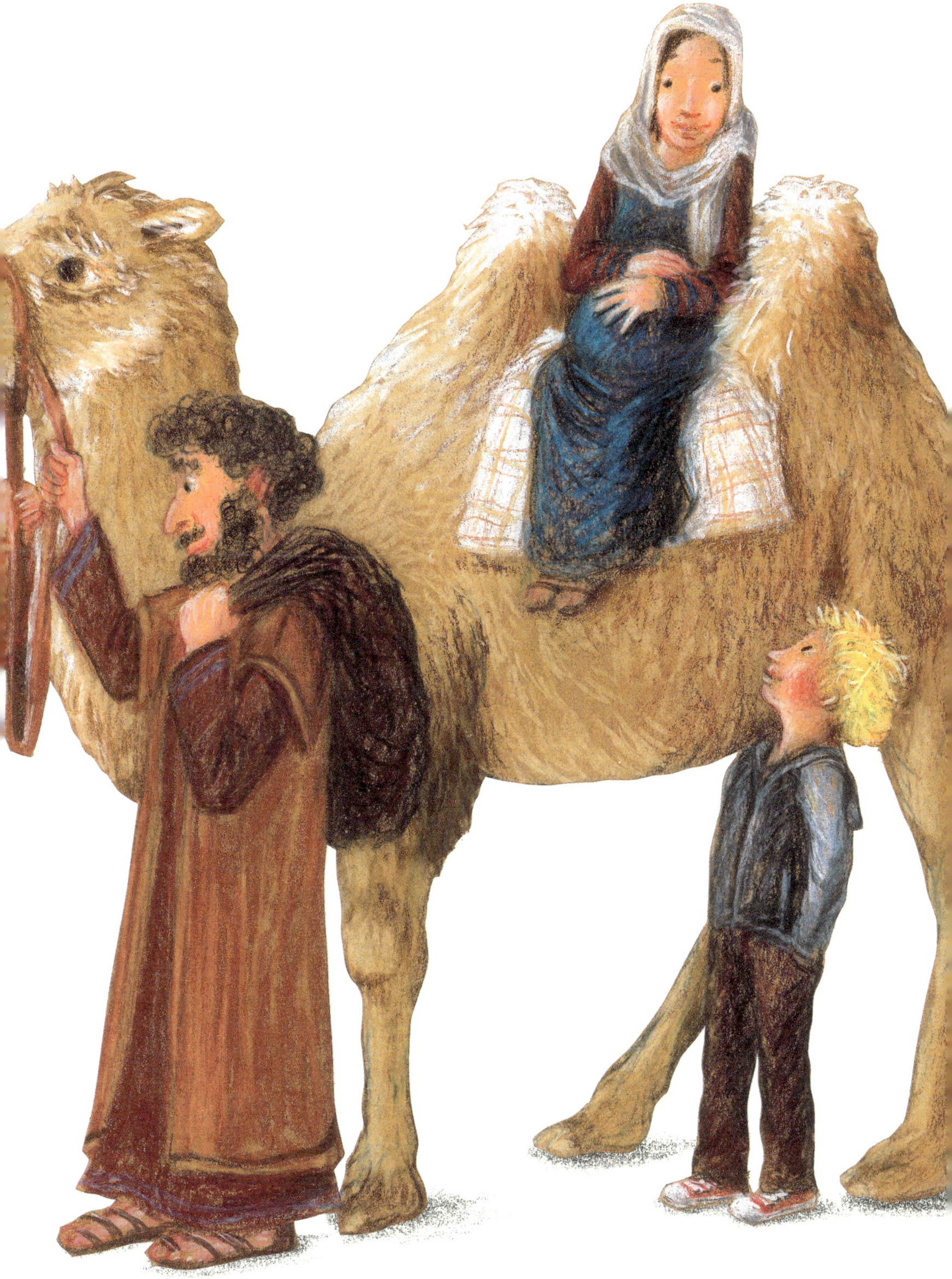

ZEHN

Daniel und Ruth hatten die Liegestühle mit Wolldecken vors Haus gestellt, damit sie bequemer zum Himmel mit dem Kometen hochsehen konnten, aber nachdem sie ihn erblickt und durch ihren Feldstecher sogar noch größer und näher gesehen hatten, waren sie beide eingenickt.

Als Ruth wieder erwachte, war es Mitternacht, und der Komet schimmerte immer noch in hellem Glanz. Sie stand auf und ging ins Kinderzimmer, aber die Betten waren leer. Dann nahm sie eine Taschenlampe und ging damit zum Kamelfelsen.

Dort stieß sie einen Schrei aus.

»Daniel!«

Daniel fuhr auf und fand sich nicht gleich zurecht. Dann sah er, wie beim Kamelfelsen eine Taschenlampe hin und her geschwenkt wurde, und hörte Ruth immer wieder rufen: »Daniel, komm!«

So schnell es ging, lief er zum Felsen. Da er seine Taschenlampe nicht gleich gefunden hatte, musste er aufpassen, dass er im Dunkeln nicht stolperte.

Als er beim Kamelfelsen ankam, war dort kein Kamelfelsen, sondern nur Ruth, die ihn fassungslos anschaute, den Schrecken im Gesicht.

»Die Kinder sind weg«, flüsterte sie, »samt dem Felsen.«

Daniel erstarrte. Das konnte doch nicht sein.

»Das ist nicht möglich«, sagte er, »wir stehen nicht am richtigen Ort. Der Felsen ist doch weiter oben.«

»Nein«, sagte Ruth, »hier war er.« Sie leuchtete mit ihrer Taschenlampe auf den Boden, und es war eindeutig zu erkennen, dass dort, wo der Fels gestanden hatte, eine Vertiefung war, in der kein Gras wuchs.

Daniel schaute sich um.

»Jona! Mona!«, rief er, so laut er konnte.

Aber niemand antwortete.

Dann riefen sie zweistimmig: »Jooonaa! Mooonaa!«

Keine Antwort.

Ruth begann zu weinen.

»Komm«, sagte Daniel, »wir müssen zu Samuel.«

Er nahm sie an der Hand, und zusammen gingen sie zum Haus, stiegen ins Auto und fuhren auf dem holprigen Fahrweg zur Alp hoch.

Als sie vor der Hütte ankamen, stand Samuel draußen und blickte mit einem Fernrohr zum Kometen. Bläss bellte zornig. Die beiden Hirten Carlo und Res waren erwacht und kamen heraus. Samuel beruhigte den Hund und fragte, was es gebe.

Als er hörte, dass der Kamelfelsen mit den beiden Kindern verschwunden sei, machte er ein besorgtes Gesicht.

»Der Zeitspalt«, murmelte er, »sie sind durch den Zeitspalt geschlüpft.«

»Was bedeutet das?«

»Das bedeutet, dass sie wohlauf sind, aber in einer anderen Zeit.«

»In welcher?«

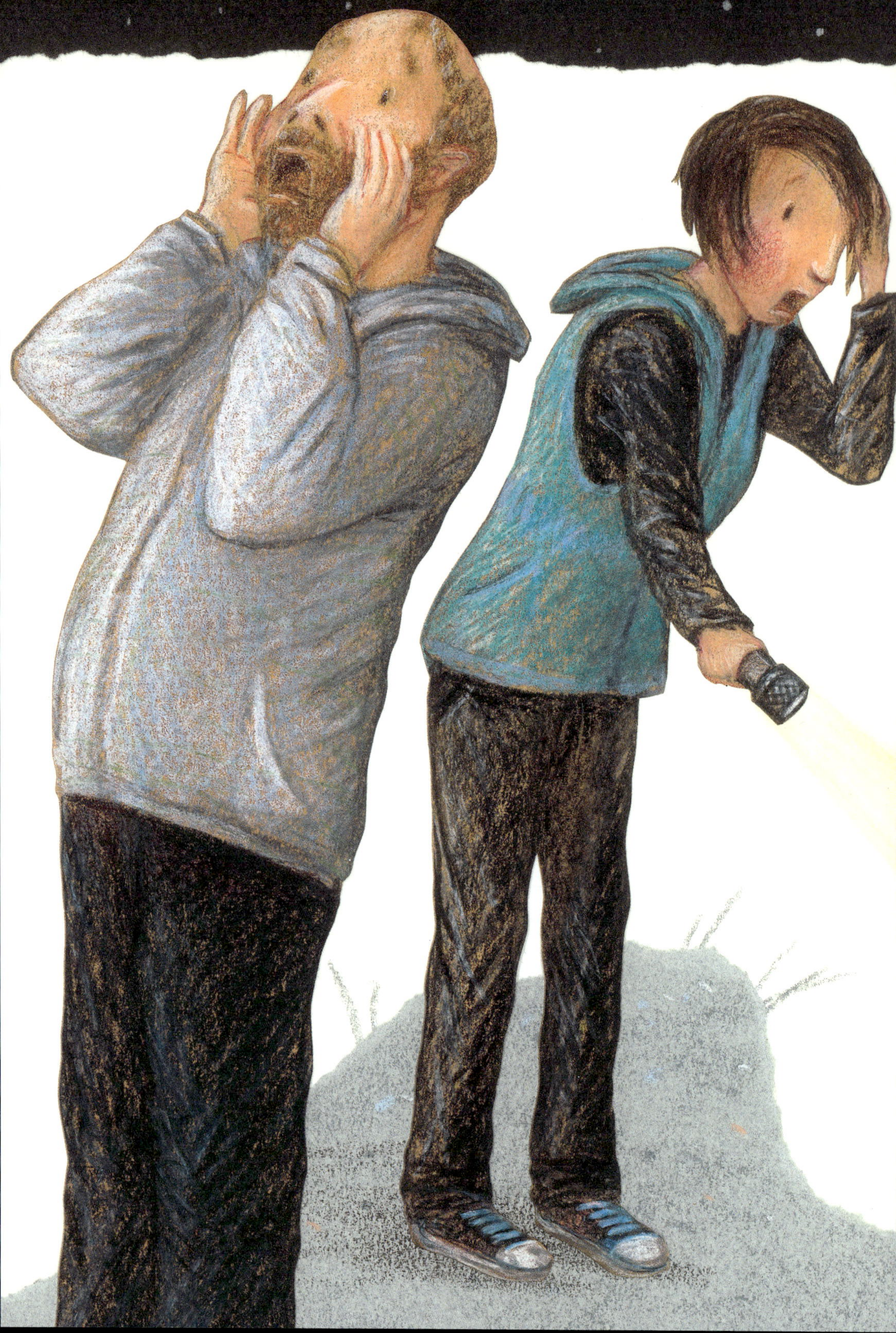

»Das wissen wir nicht.«

»Wir müssen die Polizei anrufen«, sagte Ruth und musste sich die Tränen abtrocknen.

Das werde nicht viel nützen, meinte Samuel.

Daniel war verwirrt und ratlos. Er hasste ohnehin alles, was nach unseren Kenntnissen nicht möglich war, und nun sollte ausgerechnet bei ihnen so etwas passieren.

»Was sollen wir denn tun?«, fragte er schließlich, auch er den Tränen nahe.

Samuel sagte seinen beiden Hirten, er lasse ihnen den Hund da, für den Fall, dass er morgen früh noch nicht zurück sei. Er fahre jetzt mit Ruth und Daniel zu ihrem Haus hinunter, um zu der Stelle zu gehen, wo der Kamelfelsen gewesen sei.

Bläss bellte heftig, als er merkte, dass er nicht mitdurfte, aber Samuel stieg ohne ihn ins Auto von Daniel und Ruth, und zusammen fuhren sie zu ihrem Ferienhaus hinunter.

Samuel hatte eine Lampe dabei, die mehr einem Scheinwerfer glich als einer Taschenlampe, und damit leuchtete er den ganzen Weg zum Kamelfelsen aus, und als er zur Mulde kam, in der dieser gelegen hatte, suchte er sorgfältig die ganze Umgebung ab.

Da habe es ganz sicher keinen Kampf gegeben, sagte er zu den Eltern, und wenn ein ganzer Fels einfach mir nichts, dir nichts verschwinde, könne es sich nur um den Zeitspalt handeln, den der Komet diese Nacht geöffnet habe.

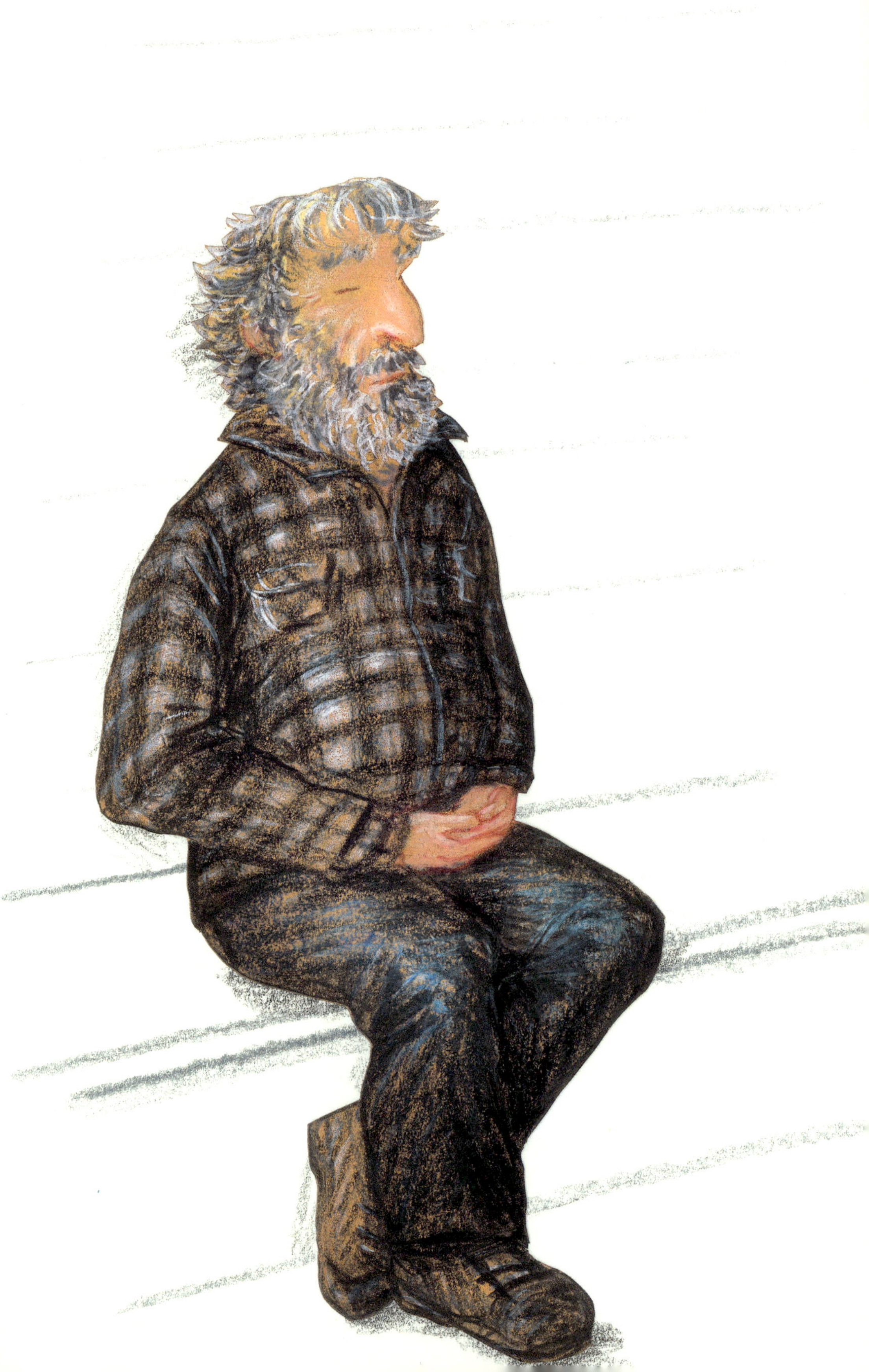

Dann leuchtete er ins Bachbett hinüber, in dem die zwölf Römer standen.

»Daniel, siehst du den Steinmann und die Steinfrau? Die mit meinem Regenmantel und deinem Filzhut?«

Sie baten Samuel, nochmals ganz langsam mit dem Lichtkegel an den Steingebilden entlangzufahren, aber es war ganz klar, dass die beiden fehlten.

Sie erzählten Samuel von den Figuren, welche die Kinder aus Steinen gebaut hatten, und dass nun zwei davon offenbar verschwunden waren.

Ruth sagte, das alles sei ihr unheimlich und sie drehe langsam durch.

Samuel versuchte sie zu beruhigen.

Ja, sagte er, das sei schon sehr ungewöhnlich und er sei sicher, dass das mit dem Kometen zusammenhänge. Er könne sich gut vorstellen, dass morgen früh, wenn diese Nacht vorbei sei, auch alles vorbei sei, was jetzt unerklärlich aussehe, und dass die Kinder und der Felsen wieder zurück seien.

Er werde die Polizei anrufen, sagte Daniel, jetzt gleich.

Ob er nicht warten wolle bis zum Tagesanbruch, fragte ihn Samuel, in der Nacht könne die Polizei kaum viel tun.

»Und wir, was können wir tun?«, fragte Daniel ungeduldig.

»Also hört gut zu«, sagte Samuel, »eure Kinder sind sicher nicht davongelaufen und irren nicht irgendwo im Wald umher. Dass der Felsblock mit ihnen zusammen verschwunden ist, heißt ziemlich sicher, dass sie diese Nacht in einer andern Zeit sind. Wenn es euch recht ist, werde ich hier sitzen bleiben und sehen, ob sich der Zeitspalt auch für mich öffnet und ich eure Kinder in der anderen Zeit finde. Dazu wäre es besser, ihr würdet mich allein lassen und ins Haus gehen. Meine Lampe könnt ihr mitnehmen, ich brauche sie nicht.«

»Hast du nicht selber gesagt, durch den Zeitspalt können nur Kinder?«, fragte Daniel.

Samuel zeigte zum Himmel hinauf und antwortete: »Der Komet ist sehr hell.«

Daniel und Ruth schwiegen eine Weile. Dann blickten sie einander an, und Ruth sagte: »Komm, Daniel, wir machen, was er sagt.«

Daniel nickte, sie drehten sich um, Ruth sagte noch zu Samuel: »Pass gut auf!«, und dann gingen sie langsam zum Haus zurück.

ELF

Endlich waren sie der Stadt etwas näher gekommen.

Ab und zu trafen sie nun auch auf andere Leute, die unterwegs zu den Häusern auf dem Hügel waren. Alle trugen lange Gewänder, die bis auf den Boden reichten, auch die Männer. Niemand hatte Hosen an wie Jona und Mona. Als es dunkel wurde, nahm Jona seine Taschenlampe aus dem Rucksack und leuchtete damit auf den Weg. Der Mann war überaus erstaunt und blickte immer wieder auf die Lampe, als habe er so etwas noch nie gesehen.

Er war aber froh darum, denn der Boden war alles andere als eben, eher wie der Wanderweg, der von der Alp zum Pass hochging. Zudem blickte er immer wieder zu der Frau hinauf, fragte sie ab und zu ganz kurz etwas, worauf die Frau ebenso kurz antwortete. Sie atmete sehr schwer, obwohl sie ja jetzt reiten konnte.

Die ersten Häuser, zu denen sie gelangten, waren fast ein bisschen wie kleine Alphütten mit Ställen daneben. Unter einem Stalltor schrie ein Esel sein »I-a!«. Jona leuchtete ihn mit der Taschenlampe an, und Mona rief: »Schau mal, er hat einen Fleck hinter dem Ohr wie Zia!«

Dann gab es schon bald keine Ställe mehr, und sie sahen, dass es wirklich eine Stadt war, denn sie mussten durch ein Stadttor. Vor dem Tor stand ein Soldat, und die beiden Kinder mussten fast ein bisschen lachen.

»Ein Römer«, flüsterte Mona zu Jona.

Er trug einen Helm wie eine Pfanne ohne Stiel, über den Schultern eine Rüstung, und er hatte nicht nur ein Schwert umgegurtet, sondern auch einen Speer in der Hand, allerdings nicht einfach einen aus einem Haselstock, sondern einen mit einer metallenen Spitze, die echt gefährlich aussah.

Der Römer fragte den Mann etwas, der gab kurz Antwort, dann zeigte der Soldat auf die beiden Kinder und fragte wieder etwas. Der Mann antwortete und machte dazu eine Handbewegung, die in die Weite zeigte, aber der Römer schaute sie immer noch misstrauisch an.

Da erinnerte sich Jona an das, was ihnen die Mutter erzählt hatte, nämlich dass man sich in Italien noch heute so begrüßt wie zur Römerzeit. Wie hieß noch mal das Wort?

»Salve!«, sagte er laut und deutlich und hob dazu seine Hand an die Mütze, froh, dass es ihm in den Sinn gekommen war, und als Mona das hörte, sagte sie auch »Salve!« und winkte dazu.

Das schien dem Soldaten zu gefallen, jedenfalls ließ er sie durch, auch wenn er sie immer noch verwundert von oben bis unten musterte.

Als sie nun durch das Tor gingen, bedeutete der Mann Jona, er solle seine Taschenlampe einstecken. Jona wusste zwar nicht, warum, aber er verstaute sie wieder im Rucksack. In der Stadt war viel Betrieb. Sie betraten einen Platz, auf dem man die Lampe ganz gut hätte brauchen können, denn es war viel dunkler als bei uns. Unter den Hauseingängen hingen bloß Öllämpchen, die wenig Licht abgaben, und manchmal brannte ein Holzfeuer in einer Schale und warf ein unruhiges Licht auf die Leute, die darum herumstanden.

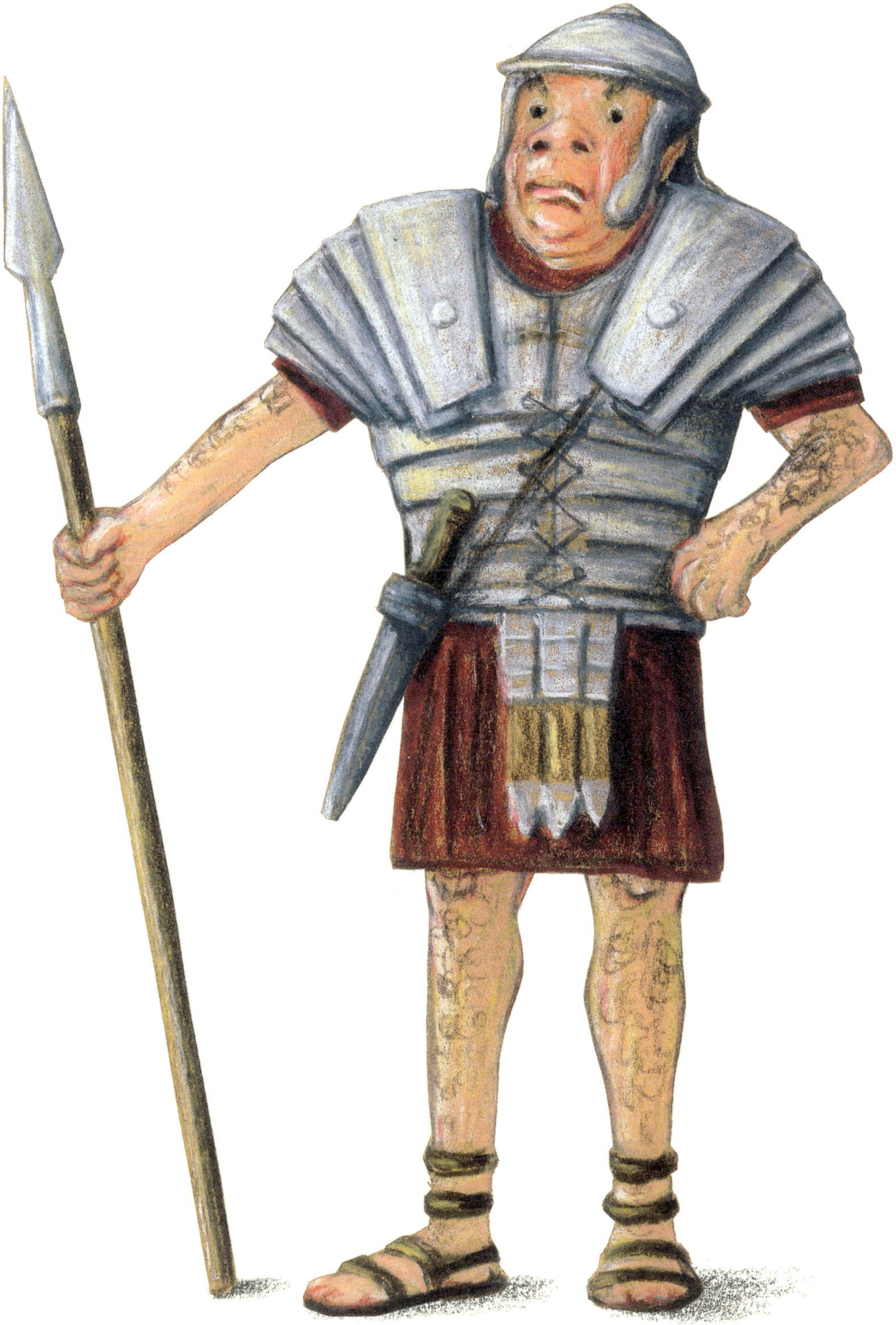

Der Mann hieß die Kinder und das Kamel mit der Frau nun stehen zu bleiben, gab Jona die Zügel in die Hand und ging zu einem der Häuser.

»Was macht er?«, fragte Mona.

»Ich glaube, er sucht ein Hotel«, sagte Jona.

Nun näherte sich ein alter Mann in einem weißen Mantel und schaute sich das Grüppchen an, blickte immer wieder auf die Kinder, bückte sich dann zu Jona und befingerte den Reißverschluss seiner Windjacke. Dann fragte er ihn mit hoher Stimme etwas.

»Das ist eine Windjacke«, sagte Jona.

Der Mann nickte anerkennend und prüfte dann den Stoff des Rucksacks.

»Halt den Rucksack fest«, sagte Mona, und als der Alte wieder mit seiner hohen Stimme eine Frage stellte, sagte Jona: »Das ist ein Rucksack«, und Mona fügte hinzu: »Er gehört Jona.«

Die Frau auf dem Kamel mischte sich nun ein, und Jona hatte das Gefühl, sie weise den Alten zurecht. Der ließ sich aber nicht beirren, tätschelte das Kamel und staunte die kleinen Fremdlinge an.

Inzwischen hatten sich ein paar andere Menschen hinter den Alten gestellt und nahmen neugierig an dieser Inspektion teil. Sie zeigten auf die Hosen und auf die Schuhe der beiden, irgendwie schien ihnen das alles ganz und gar unbekannt zu sein. Sie trugen zum Beispiel Sandalen an den Füssen, das war unter ihren langen Mänteln gerade noch zu erkennen.

Als der Alte nun auf Jona zeigte und eine kurze Frage stellte, die er, wie alles andere, das gesprochen wurde, nicht verstand, sagte Mona: »Er fragt dich, wie du heißt.«

»Jona«, sagte Jona und deutete auf sich.

»Mona«, sagte Mona und zeigte ebenfalls auf sich. Dann zeigte sie auf den Alten und fragte ihn: »Und du?«

»Aron«, sagte der Alte und zeigte mit dem Finger auf sich.

Die Frau auf dem Kamel begann nun zu stöhnen und rief laut: »Yusuf!«

Jetzt kam der Mann zurück und sprach ziemlich aufgeregt mit der Frau auf dem Kamel. Er sprach auch mit Aron und den anderen, die da standen, er schien sie etwas zu fragen, aber alle schüttelten den Kopf.

»Er findet kein Hotel«, sagte Jona.

Die Frau auf dem Kamel griff sich an den Bauch und stöhnte wieder.

»Ui«, sagte Mona, »das Kind kommt!«

»Sie muss in ein Krankenhaus«, sagte Jona.

»Warum gehen wir nicht zum Esel in den Stall?«, fragte Mona. »Dort kann sie sich ins Heu legen.«

»Yusuf«, sagte Jona zu dem Mann, »wir wissen, wo ihr hinkönnt«, hob den Finger hoch, nahm das Kamel am Zügel und rief: »Komm!«

Yusuf, der in seiner Verzweiflung bereit war, alles zu glauben, hielt seiner Frau die Hand, sagte immer wieder beruhigend »Mirjam!« zu ihr, und Jona zog das Kamel hinter sich her zurück zum Stadttor, rief dem Soldat »Salve!« zu und ging zum Stall, aus dem der Esel immer noch sein »I-a!« rief.

Eine Frau trat aus dem kleinen Haus nebenan, und dann ging alles ganz schnell. Jona kramte seine Taschenlampe wieder aus dem Rucksack, machte Licht, Mona rief zur Frau: »Ein Kind kommt!«, Yusuf half Mirjam vom Kamel herunter, ging mit ihr in den Stall, Mona holte die Kamelsattelwolldecke herunter und breitete sie vor dem Esel auf dem Heu aus, Mirjam legte sich stöhnend darauf, hielt sich den Bauch und stieß solche Schreie aus, dass sich Mona die Ohren zuhielt, und auch Jona hätte sie sich gern zugepresst, aber er musste die Taschenlampe halten, sonst hätten die zwei Frauen, die jetzt eilig hereinkamen, nichts gesehen. Sie halfen Mirjam, die eine umfasste sie mit ihren Armen, die andere drückte mit den Händen auf ihren Bauch, und Jona und Mona drehten sich um, mussten aber immer wieder hinblicken, denn da passierte etwas Unerhörtes, von dem sie bisher nur gehört hatten, aber gesehen hatten sie es noch nie, und das war ja unglaublich, dass zwischen den Beinen Mirjams ein ganzer Kopf Platz hatte, der jetzt herausdrängte und an dem ein ganzes Kindlein dranhing, das sogleich, kaum war es draußen, laut zu krähen begann.

Die Frau aus dem Haus, zu dem der Stall gehörte, kam nun mit einem Eimer Wasser und wusch das Kind, das nur noch lauter

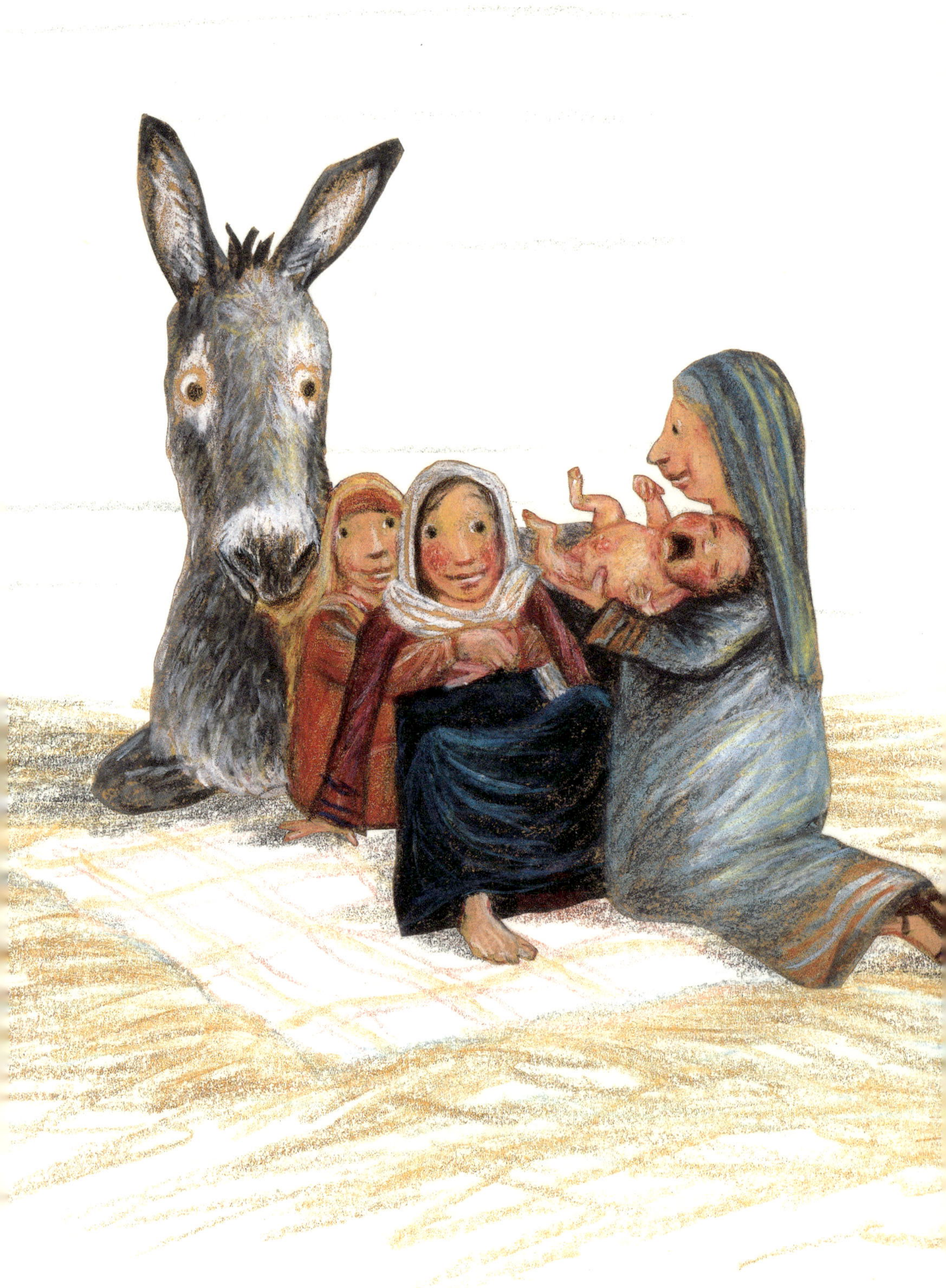

schrie, und als noch eine Frau mit einem Messer kam, erschraken die Kinder, aber Jona kam in den Sinn, dass das wegen der Nabelschnur sein musste, das hatten sie in der Schule schon gehört, doch als er so viel Blut sah, wurde es ihm langsam, aber sicher schlecht, auch stank es im Stall nach Kuhmist, er sagte Mona, sie solle die Taschenlampe halten, und ging hinaus an die frische Luft.

Mona hielt die Lampe tapfer in der Hand, obwohl es ihr gar nicht geheuer war, aber spannend war es schon, und eine der Frauen schickte jetzt auch Yusuf aus dem Stall, und da merkte Mona, dass nun nur noch lauter Frauen im Stall waren, und sie durfte ihnen allen leuchten, und sie war ein kleines bisschen stolz.

ZWÖLF

Als Jona heraustrat, atmete er ein paarmal tief durch, und schon ging es ihm wieder etwas besser. Hinter ihm kam Yusuf aus dem Stall, und Jona sah, dass er ganz bleich war.

Draußen war es auf einmal heller geworden. Das kam Jona seltsam vor, denn die Nacht hatte ja gerade erst begonnen. Er blickte zum Himmel hinauf. Da glitzerten tausend Sterne.

Einer aber leuchtete so stark, wie er noch nie einen Stern hatte leuchten sehen. Er stand ziemlich genau über dem Stall, und Jona musste den Kopf in den Nacken legen, um ihn zu sehen. War das möglich, dass ein Stern so viel Licht gab? Sollte das der Komet sein, der auf dem Zeitungsfoto so winzig ausgesehen hatte? Jona erkannte gleich daneben den Großen Wagen, aber seine Sterne waren nur blasse Punkte, die vom hellen Schein des sonderbaren Himmelskörpers überstrahlt wurden.

Von hinter dem Stall kam nun ein Geräusch, das Jona kannte. Yusuf musste sich erbrechen. »Der war auch noch nie bei einer Geburt dabei«, dachte Jona, und er tat ihm leid, als er nun zurückkam und sich leicht vorgebeugt mit einer Hand an die Stallwand stützte.

Jona öffnete seinen kleinen Rucksack und zog eine Plastikflasche hervor.

»Tee«, sagte er zu Yusuf und hielt sie ihm hin, »das hilft.«

Yusuf blickte ihn so verwundert an, als hätte er noch nie eine Flasche gesehen.

Da sah Jona, dass Yusufs Lippen nicht sauber waren. Er zog ein Papiertaschentuch hervor, entfaltete es und hielt es ihm hin. »Zum Putzen«, sagte er und fuhr sich dazu mit der anderen Hand über den Mund.

Yusuf ergriff es und befühlte es ausgiebig. Er schien sich darüber fast ebenso zu wundern wie über die Flasche.

Dann tupfte er sich damit die Lippen ab und gab es Jona zurück.

»Moment«, sagte Jona und suchte im Rucksack die blaue Plastiktüte, die sie auf jedem Ausflug für die Abfälle mitnehmen mussten. Er spreizte sie auseinander und streckte sie Yusuf hin.

Der hielt sein feuchtes Papiertaschentuch in der Hand, schaute die Tüte lange an und befühlte sie mit der anderen Hand, bevor er das Tuch schließlich hineinwarf.

»Danke«, sagte Jona, steckte die Tüte wieder in den Rucksack und hielt ihm die Flasche ein zweites Mal hin. »Tee«, sagte er, »tut gut.«

Yusuf nahm die Flasche und befühlte auch sie zuerst, bevor er sie an den Mund setzte und vorsichtig einen Schluck trank. Offenbar schmeckte ihm der Tee, und er trank noch zwei Schlucke. Dann sagte er: »Taudi«, und gab sie Jona wieder zurück.

Dieser nahm ein zweites Papiertaschentuch, reinigte damit sorgfältig die Flaschenöffnung und trank dann auch selbst vom Tee, der immer noch warm war.

Dann kam ihm in den Sinn, dass vielleicht auch Mona Durst hatte.

Er ging zur Stalltür, doch als er hinein wollte,

82

trat eine Frau heraus und versperrte ihm den Weg. Es war die Frau mit dem Messer, und sie trug ein blutiges Tuch in den Armen. Als Jona neben ihr durchschlüpfen wollte, verwehrte sie ihm den Zugang, und er merkte, dass er drinnen wohl nicht willkommen war.

»Mona!«, rief er leise. »Hast du Durst?«

»Ja«, antwortete Mona von drinnen.

»Dann komm heraus, ich gebe dir Tee.«

Die Tür öffnete sich einen Spaltbreit, und Mona kam heraus. Die Frau mit dem Messer und dem blutigen Tuch blieb auf ihrem Posten und achtete darauf, dass Jona nicht hineinging. Als sie auch Yusuf den Zutritt verweigerte, wurde Jona klar, dass Männer da

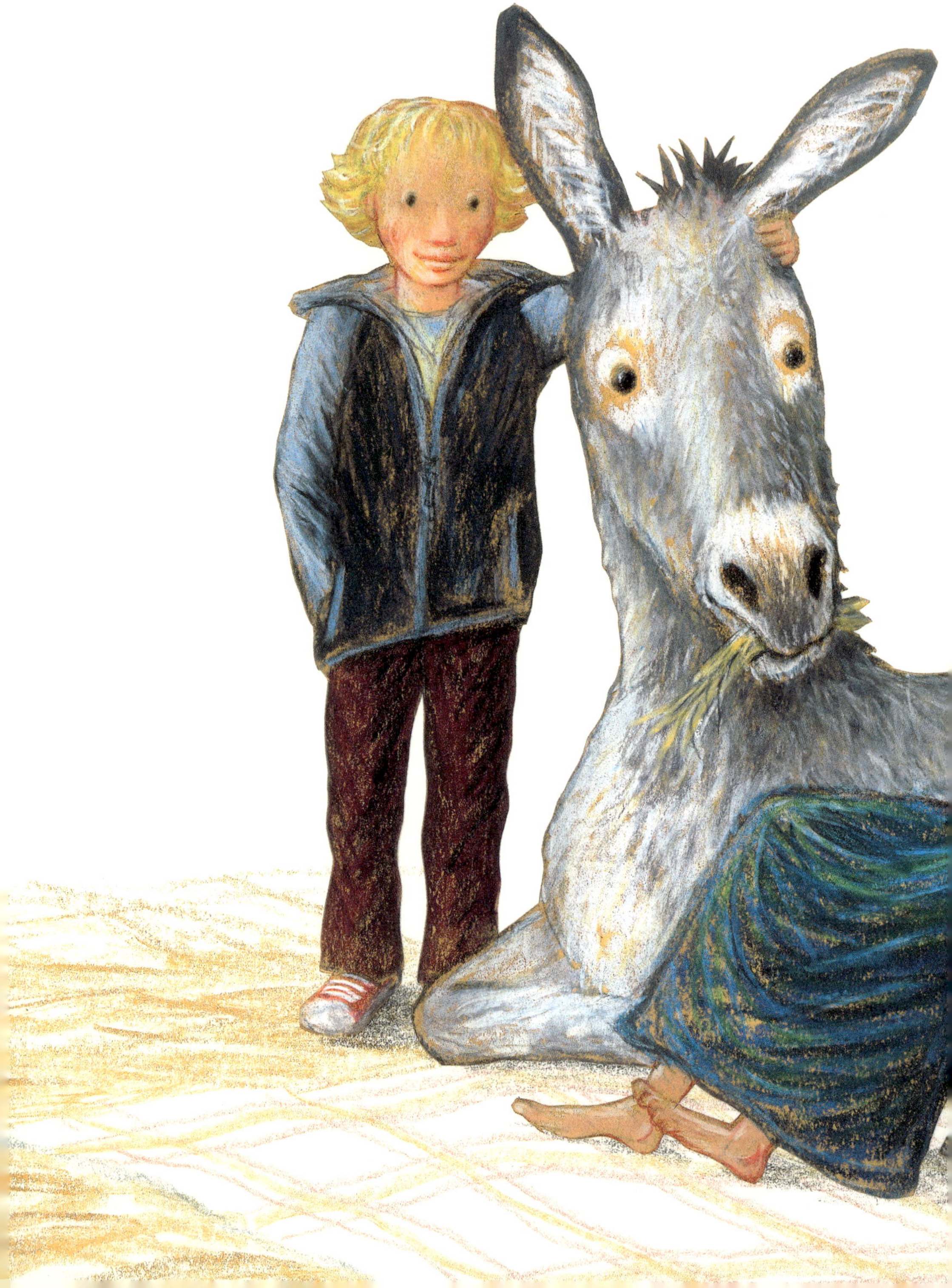

drinnen nichts zu suchen hatten, nicht einmal der Vater des Kindes. Mona hingegen durfte sofort wieder hinein, als sie die Flasche entgegengenommen hatte.

Sie trank einen Schluck und hielt dann wieder ihre Taschenlampe in die Höhe. Die zweite Frau reinigte das Kindlein nochmals mit einem Tuch, es schien daran keine Freude zu haben und schrie laut auf, und dann putzte sie auch Mirjams Unterleib damit ab und brachte das Tuch der Frau, die vor der Tür Wache hielt. Mirjam nahm nun ihr Neugeborenes in die Arme, blickte dann zu Mona hinüber und nickte ihr zu.

Mona ging zu ihr und hielt ihr die Flasche hin. »Gell, eine Geburt macht Durst«, sagte sie, »jetzt gibt's Tee.«

Mirjam zögerte nicht. Sie setzte die Flasche an ihren Mund, trank sie gierig halb leer und gab sie dann Mona mit dem Wort »Taudi« zurück.

Die beiden anderen Frauen, die noch im Stall waren, hatten ihr sehr erstaunt zugeschaut. Sie kamen nachher zu Mona und betasteten die Flasche, ohne aber daraus zu trinken.

Mona drückte sie etwas zusammen, weil es dann so ein lustiges Geräusch gab. Doch die Frauen fanden es nicht lustig. Sie erschraken, und das Kindlein begann zu weinen. Nur Mirjam lächelte.

Die beiden Frauen wechselten ein paar Worte mit Mirjam und gingen dann hinaus. Mona blieb im Stall und leuchtete mit ihrer Taschenlampe, damit Mirjam nicht im Dunkeln war.

»Yusuf!«, rief Mirjam mit schwacher Stimme.

Mona wunderte sich, dass jemand, der soeben noch so laut geschrien hatte, nur noch so leise sprechen konnte.

Die Wächterin mit dem Messer und dem blutigen Tuch rief etwas in den Stall hinein und erhielt von drinnen eine kaum hörbare Antwort. Dann öffnete sie die Stalltür, sprach kurz zu Yusuf, nickte auch Jona zu und entfernte sich dann.

Yusuf betrat den Stall, ging vorsichtig zu Mirjam, kniete sich neben ihr nieder und fasste sie an der Hand. Mirjam zeigte ihm das Kindlein. Yusuf lächelte.

Auf einmal schnaubte es an der Stalltür. Jona und Mona erschraken furchtbar, denn ein Ochse füllte die ganze Türöffnung aus.

»Ich glaube, das ist sein Stall«, flüsterte Jona und stellte sich vor seine Schwester.

»Ui«, sagte Mona, und dann leuchtete sie dem Ochsen mit der Taschenlampe in die Augen, dass sie zu funkeln begannen, und rief: »Geh weg!«

Der Ochse blieb stehen und schnaufte schwer. Der Geifer tropfte ihm von der Schnauze.

Jetzt vernahm man die Stimme der Frau, der der Stall gehörte. Sie schrie den Ochsen furchtbar an, es klang nach Drohungen, Befehlen und Beschimpfungen, und egal, was es war, es wirkte. Der Ochse drehte sich sofort um, man hörte, wie er um den Stall herumging, dann stieß er mit dem Kopf ein Fensterchen auf und guckte hinein. Sogleich ging daneben noch ein Fensterchen auf, und der Esel, der ihm gefolgt war, guckte hinein und begrüßte das Neugeborene mit einem kräftigen »I-aaa!«. Ein drittes Fensterchen wurde aufgeklappt, und das Kamel, auf dem Jona und Mona geritten waren, guckte hinein und gab einen tiefen Schrei von sich. Als nun noch der Ochse zu brüllen begann, fing auch das Kind an zu krähen, und Mirjam drückte es an ihre Brust.

Yusuf schüttelte nur den Kopf und sprach beruhigend zu seiner Frau. Doch die sah sehr zufrieden aus.

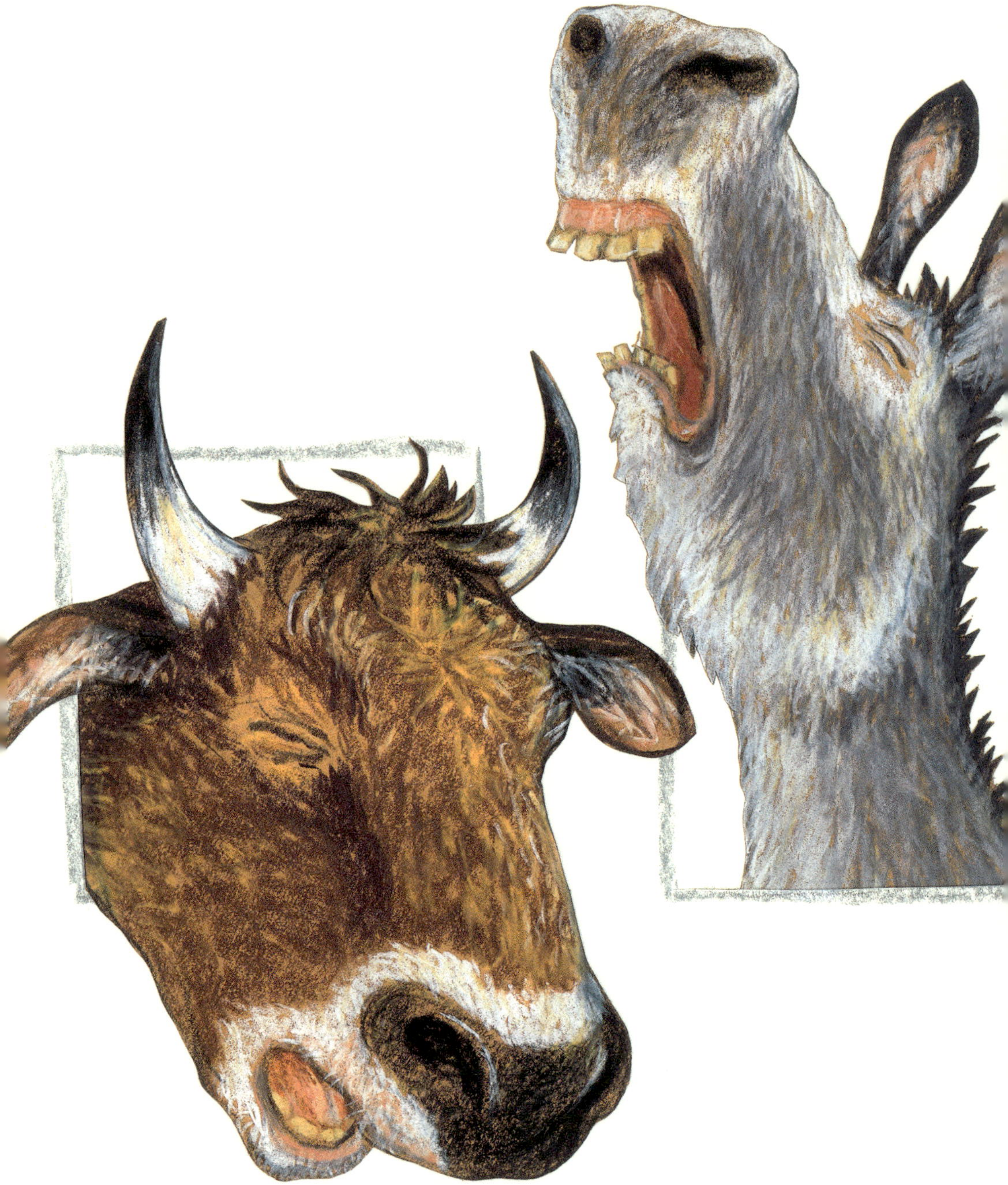

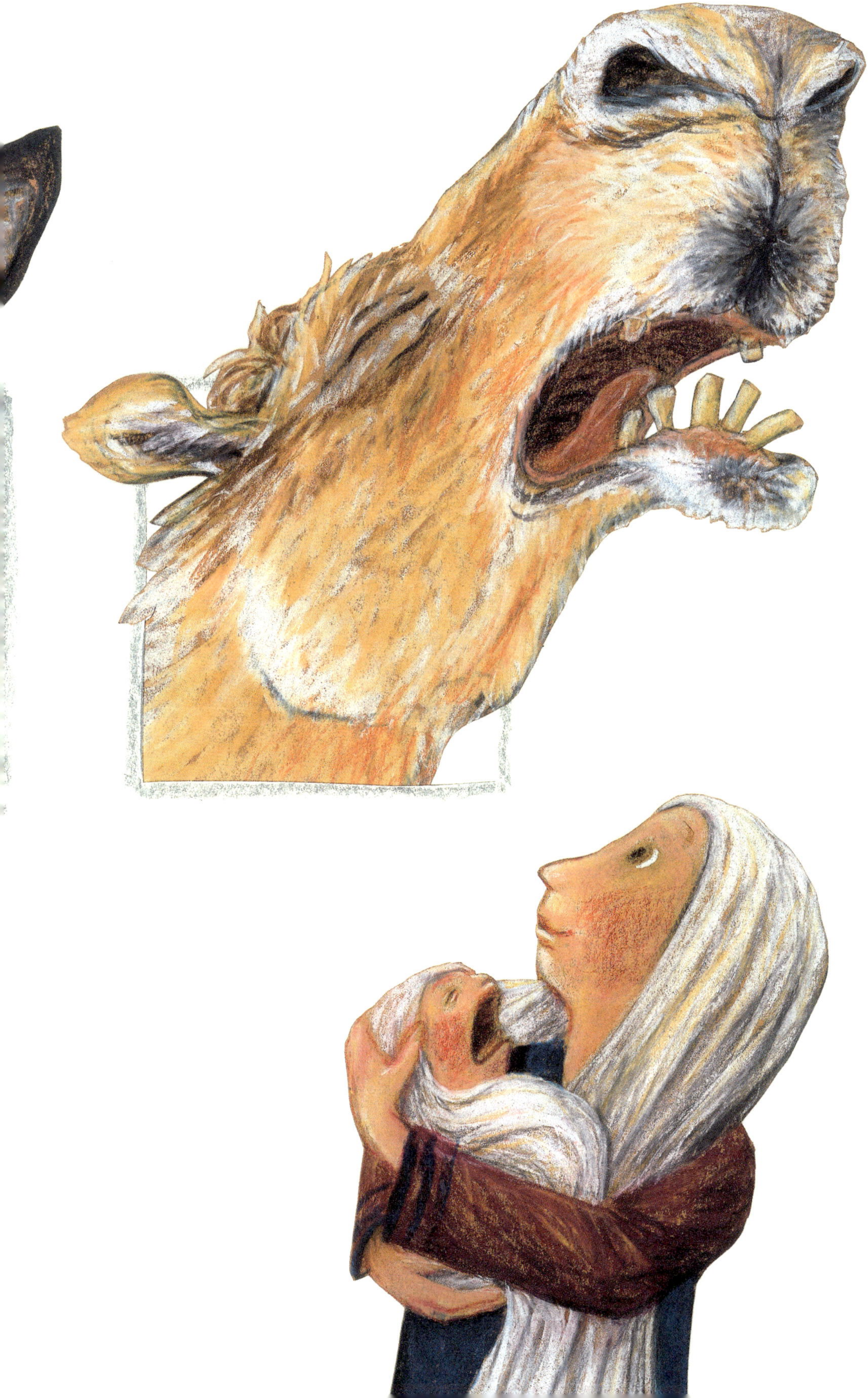

DREIZEHN

Mirjam war erschöpft eingeschlafen. Yusuf saß neben ihr. Das Kindlein hatte er mit dem unteren Teil seines Mantels zugedeckt. Es schlief.

Die Frau, der der Stall gehörte, kam leise herein, packte vom Heu, das hinten im Stall lag, einen Arm voll und brachte es dem Ochsen, der draußen bleiben musste. Bald danach hörte man ihn zufrieden mampfen.

Dann kam sie wieder zurück, mit einem Tuch über der Schulter. An der Wand war eine Futterkrippe befestigt, aus der sonst wahrscheinlich der Ochse und der Esel fraßen. Die Frau holte frisches Heu, legte es in die Krippe, bettete dann das Tuch darauf, hob den Säugling behutsam hoch und wickelte ihn in das Tuch.

Dann beugte sie sich zu den Kindern, die jetzt am Boden saßen, Mona mit der Taschenlampe in der Hand. Die Frau deutete auf sich und sagte: »Anna.« Dann deutete sie fragend auf Mona, die sofort »Mona«, sagte, und bevor sie auf Jona zeigen konnte, sagte er: »Jona.« Die Frau nickte. Sie nahm die beiden an der Hand, sie standen auf, und dann ging sie mit ihnen die paar Schritte zum Heustock. Dort faltete sie ihre Hände, hielt ihren Kopf leicht schief und zeigte dann auf das Heu.

»Hier können wir schlafen«, flüsterte Jona zu Mona.

»Danke«, sagte Mona zu Anna.

»Taudi«, sagte Jona.

Anna lächelte Jona anerkennend zu und verließ dann den Stall.

»Wieso hast du ›Taudi‹ gesagt?«, wollte Mona wissen.

»Das sagen die Leute hier für ›Danke‹. Glaube ich.«

Mona seufzte. Es war schon gut, einen älteren Bruder zu haben, der sich in der Welt auskannte. Sie schmiegte sich etwas enger an ihn.

»Du kannst die Lampe ausmachen«, sagte Jona.

Das Licht des großen Sterns war nun so stark geworden, dass es zwischen den Ritzen des Dachs hineinschimmerte und den Stall erhellte.

»Jetzt habe ich Hunger«, sagte Mona.

»Ich auch«, sagte Jona.

Er griff in den Rucksack hinein und holte die beiden Schinkenbrote heraus, die ihnen die Mutter gemacht hatte.

Als Jona einen Bissen davon nahm, merkte er, wie Yusuf zu ihnen herüberblickte. Und sein Blick sagte ganz klar, dass er Hunger hatte. Ob die beiden ohne Essen unterwegs waren? Und war es klug, ihm etwas zu geben, wenn er sich doch gerade erbrochen hatte?

Schließlich brach er ein kleines Stück ab, ging damit zu Yusuf und gab es ihm. Doch der wollte es gar nicht für sich, sondern für Mirjam, die inzwischen wieder aufgewacht war und sich von ihrem Lager mit der Kamelsatteldecke aufgerichtet hatte. Sie aß es hastig auf, und schon stand Mona vor ihr und hatte ein Stück für sie abgebrochen. Mirjam nahm es sehr gerne.

»Macht sicher Hunger, so eine Geburt«, sagte Mona und brach ihr noch ein Stück ab.

»Taudi«, sagte Mirjam leise, aß es auf und legte sich dann wieder hin.

»›Taudi‹ ist ein schönes Wort«, sagte Mona und ging wieder zurück zum Heuhaufen. »Taudi, taudi, taudi«, wiederholte sie und biss wieder in ihr Brot.

Nun gab es draußen einen Lärm, und man hörte zwei Menschen miteinander keifen. Die Tür ging auf, und da stand Aron, der aufgeregt daherredete, während ihn Anna zu beruhigen suchte und ihn dauernd ermahnte, leise zu sein, indem sie den Finger an die Lippen hielt und »Pssst!« zischte.

Offenbar passte es ihm gar nicht, was in diesem Stall vorging, und offenbar hatte er hier auch etwas zu sagen, es sah fast so aus, als ob er der Besitzer des Stalls wäre. Anna verteidigte das junge Paar mit dem Neugeborenen aufs Heftigste, aber Aron blieb sehr ungehalten.

»Nein«, dachte Jona, »das darf doch nicht sein, dass er die hier rauswirft.«

Laut rief er: »Aron!«, und als sich Aron, der die Kinder bis jetzt übersehen hatte, zu ihm wandte, rief er laut: »Taudi!«

Und Mona wiederholte das schöne Wort: »Taudi, taudi, taudi!«

Und siehe da, auf einmal musste der alte Aron lachen. Dazwischen rief er mit seiner hohen Stimme: »Jona! Mona!« Er kannte sie also noch, und sie riefen so lange zurück: »Taudi, taudi, taudi!«, bis der Ochse zum Fensterlein hereinbrüllte, der Esel sein »I-a!« folgen ließ und das Kamel einen tiefen Schrei ausstieß.

Das Kindlein erwachte und wimmerte, Yusuf hob es aus der Krippe und gab es Mirjam, Mirjam entblößte ihre Brust, und das Kind versuchte daran zu saugen, ein Anblick, der die Kinder zugleich erschreckte und belustigte.

Aber Aron war zufriedengestellt und ging, gefolgt von Anna, zum Stall hinaus, in dem es nun wieder ruhig wurde.

Jona und Mona hatten nur die Hälfte ihrer Brote gegessen und steckten sie wieder in den Rucksack.

»Jona«, flüsterte Mona.

»Ja, was ist?«

»Ich möchte den Kometen sehen.«

»Ich auch.«

Sie gingen an der stillenden Mirjam vorbei und traten vor die Stalltür.

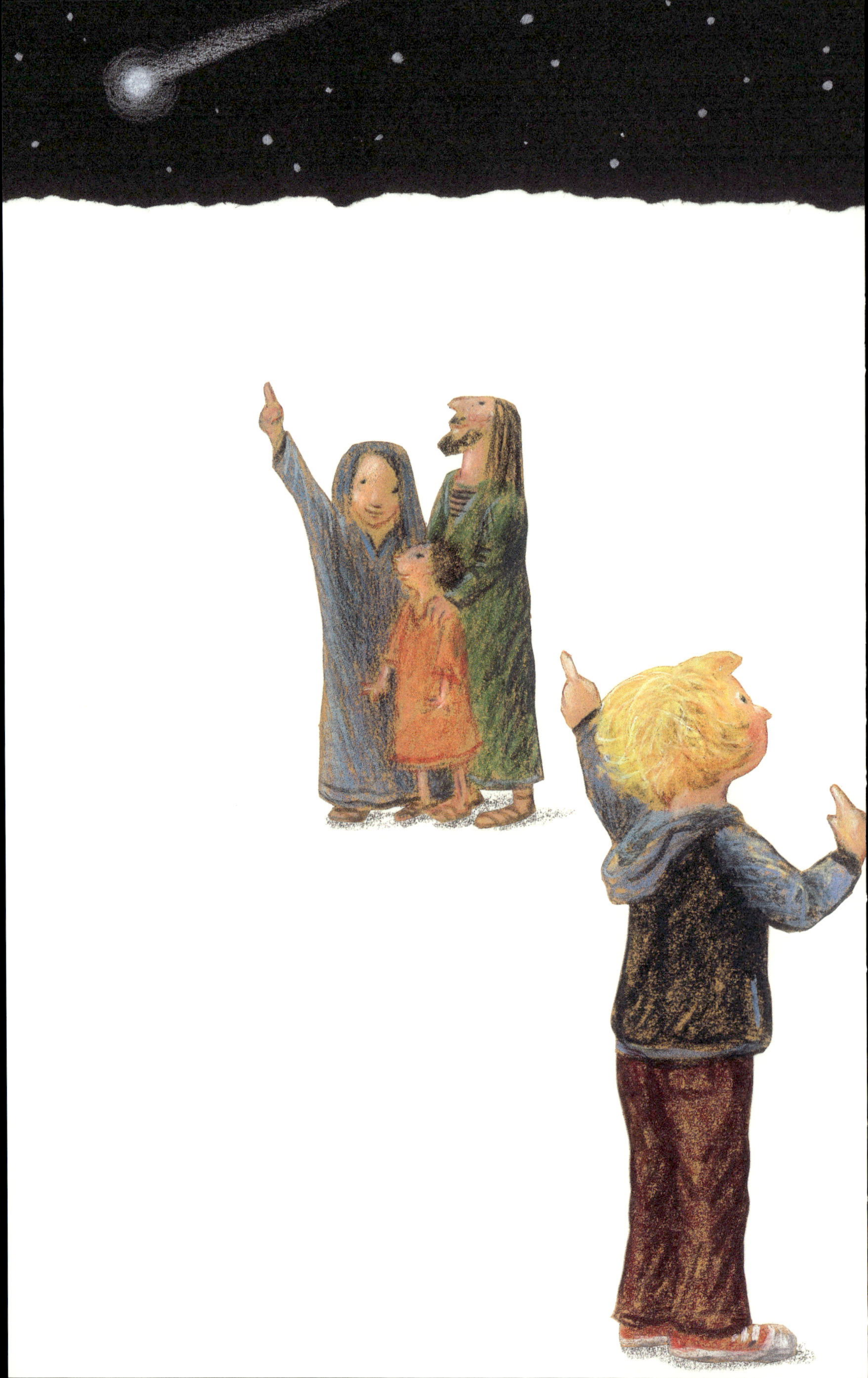

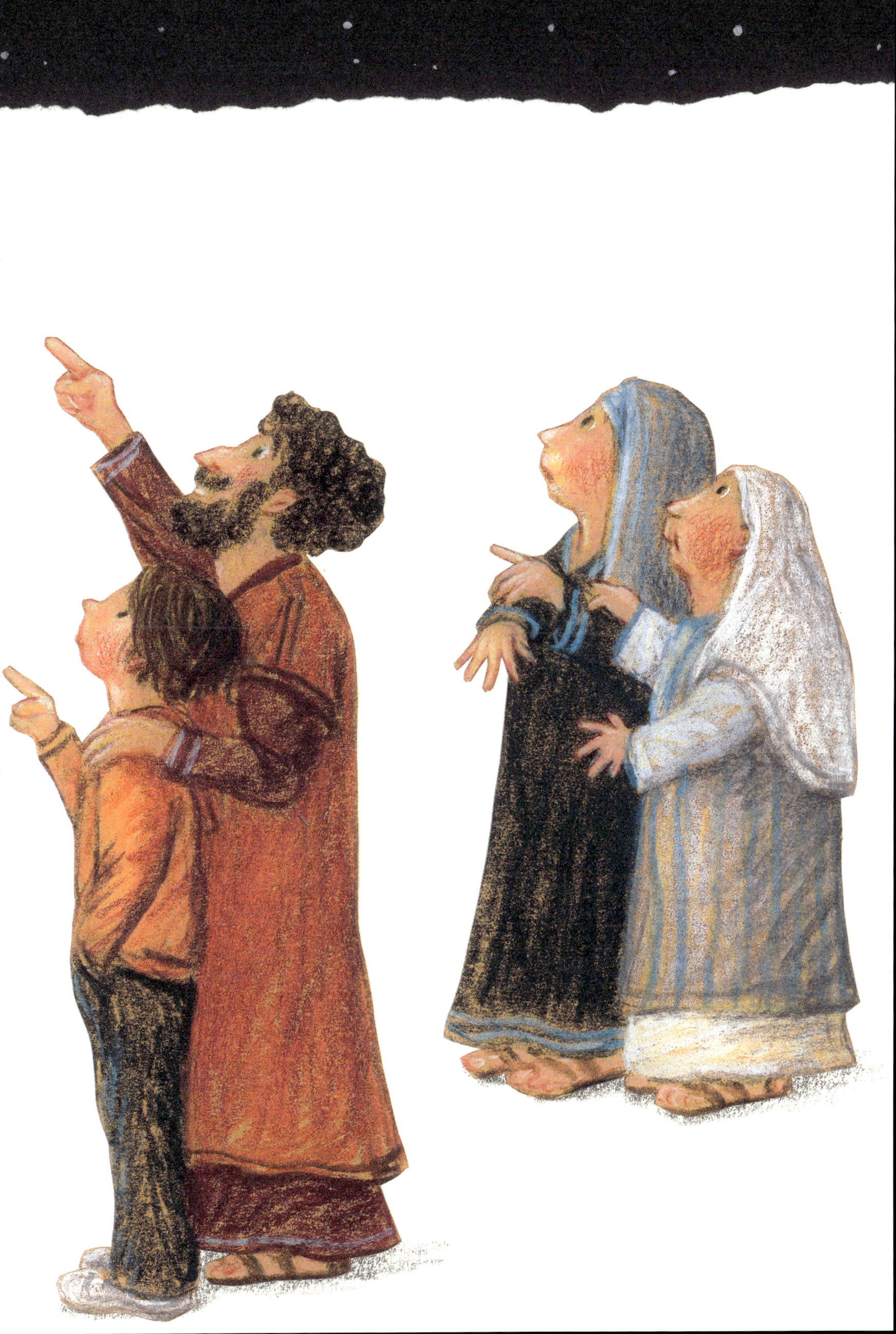

Was für ein helles Licht da draußen! Es war fast, als ob der Mond am Himmel stünde. Und vor den Häusern an der Straße, die zur Stadt hinaufführte, standen die Menschen und schauten zum Himmel hinauf. Dieser Stern schien bestimmt nicht jede Nacht.

Nun kam auch Yusuf heraus.

»Guck!«, sagte Jona zu ihm und zeigte zum Himmel.

»Guck wo?«, gab Yusuf zurück, blickte hinauf und schüttelte den Kopf.

»Guck dort!«, rief Mona und zeigte zum Stern.

»Guck wo!«, sagte Yusuf und nickte. Er hatte den Stern gesehen.

»Guck wo!«, riefen ihnen Anna und Aron von nebenan zu und zeigten ebenfalls zum Himmel hinauf, und auch von einem der nächsten Häuser hörten sie den Ruf »Guck wo!«.

»Wieso rufen die ›Guck wo‹, wenn sie doch wissen, wohin sie gucken?«, fragte Mona.

»Weiß auch nicht«, sagte Jona, doch dann hatte er eine Idee. Er sagte zu Yusuf, indem er auf ihn zeigte: »Yusuf?« Yusuf nickte. Dann zeigte er auf sich und sagte: »Jona.« Yusuf nickte erneut. Dann zeigte Jona auf den Stern und sagte: »Guckwo?« Yusuf nickte und sagte: »Guckwo.«

»Taudi«, sagte Jona und erklärte dann seiner kleinen Schwester: »›Guckwo‹ heißt Stern in ihrer Sprache.«

Mona musste lachen. »Jetzt kennen wir schon zwei Wörter«, kicherte sie, und dann sang sie »Guckwo taudi, guckwo taudi, guckwo taudi!«

Yusuf lächelte.

Mona gähnte. »Ich bin müde«, sagte sie, »legen wir uns ins Heu?«

»Ja«, sagte Jona, »jetzt haben wir ja den Kometen gesehen.«

»Wir sind Sterngucker«, sagte Mona, als sie sich ins Heu kuschelten.

»Sternguckwo«, sagte Jona.

»Gell, morgen gehen wir wieder zurück?«, fragte Mona.

»Klar«, sagte Jona. Dann fiel ihm ein, dass er keine Ahnung hatte, wie.

»Ich wünsche dir eine stille Nacht«, sagte er zu Mona und dachte noch einen Moment darüber nach, wie sie von hier wieder in ihr Tal zurückkommen könnten.

Aber er war so müde, dass ihm schon bald die Augen zufielen.

VIERZEHN

Es wurde überhaupt keine stille Nacht.

Jona und Mona hatten noch kaum eine Stunde geschlafen, als Flötentöne immer näher zum Stall kamen, bis sie so stark waren, dass sie davon erwachten, und nicht nur sie, sondern auch Mirjam und Yusuf, die auch eingenickt waren.

Die Stalltür wurde geöffnet, und drei Männer in Schaffellen standen draußen. Einer war der Flötist, der ununterbrochen auf einer Bambusflöte eine eintönige Melodie spielte, der zweite trug ein Körbchen mit Feigen und flachen Brotstücken, und der dritte hatte ein kleines Schaf auf den Armen. Ziemlich raue Gesellen waren es, mit verrußten Gesichtern.

Der Musikant beendete nun sein Spiel, ließ die Flöte sinken und fragte Yusuf etwas. Der bat sie hereinzukommen und zeigte auf die Krippe. Die Fellmänner traten näher, guckten in die Krippe und brachen in laute Freudenrufe aus. »Malko, mal ko!«, riefen sie immer wieder, worauf das Kind zu schreien begann. Die Männer jubelten weiter, der Ochse brüllte durchs Fenster, der Esel schob sein »I-a!« nach, und das Kamel stieß einen tiefen Schrei aus. Aron und Anna erschienen und wollten wissen, was hier los war, die Hirten erklärten es ihnen, »Malko!«, riefen sie und knieten vor der Krippe nieder. Der Flötenspieler zog sein Fell aus und legte es dem Kind als Decke über, der mit dem Körbchen stellte seinen Feigen- und Brotimbiss vor Mirjam ab, und der dritte legte das Lamm vor die Krippe, und dann tanzten sie laut singend und »Malko!« rufend davon.

»Das Kind heißt Malko«, sagte Mona.

»Woher wissen die das?«, fragte Jona.

Das Lämmlein blökte, und Yusuf wusste nicht recht, was er mit ihm machen sollte. Schließlich kam Anna mit einer Schale Milch, die sie dem kleinen Tier hinstellte, und es begann sie aufzulecken und beruhigte sich. Mona kauerte sich zu ihm und streichelte es. Dann gähnte sie wieder, und Jona gähnte auch, und beide verkrochen sich in ihrem Heulager und schliefen bald wieder ein.

Aber es dauerte nicht lange, da wurden sie erneut geweckt.

Da sang irgendwo ein Chor, und zwar so laut, dass an Schlaf nicht zu denken war. Und draußen war es noch heller geworden. Ob es schon Morgen war?

Yusuf stand in der Stalltür, und als Jona und Mona erwachten, winkte er ihnen, sie sollten kommen. Gähnend erhoben sie sich von ihrem Lager. Beide hatten Heu in den Haaren und rieben sich die Augen, als sie an Mirjam vorbei zur Tür gingen. Mirjam saß aufrecht auf der Kamelsatteldecke und horchte.

Jona und Mona traten ins Freie und mussten vor so viel Licht die Augen zukneifen. Sie sahen etwas, das sie fast nicht glauben konnten.

Über dem Stall leuchtete nicht nur der Komet in hellstem Glanz, sondern eine Gruppe von Sängerinnen und Sängern stand auf dem Dach, und sie erstrahlten, als wären sie von überallher mit Scheinwerfern beleuchtet, die durch sie hindurchgingen. Man konnte nicht genau erkennen, wo ihre Füße die Dachziegel berührten, es sah fast so aus, als ob sie schwebten. Und der Gesang umschwebte sie wie eine Wolke aus Tönen, und wieder traten die Leute aus den Häusern an der Straße zur Stadt und schauten ungläubig zum Stall herüber, und Aron rief irgendetwas zu Yusuf, der seine Stirn mit der Hand abschirmte, aber es ging in diesen sonderbaren Klangwellen unter, die gleichzeitig Lichtwellen waren.

»Was ist das?«, fragte Mona.

»Engel«, sagte Jona.

»Ui«, sagte Mona, »die hab ich noch nie gesehen.«

Dann nahm sie Jona am Arm.

»Schau mal zum Rand des Daches.«

»Warum?«

»Es ist noch ein Murmeltier dabei.«

Und tatsächlich stand, ganz nah am Abgrund, ein Murmeltier und sang fröhlich mit.

»Schau zum andern Rand des Daches«, sagte Jona.

»Warum?«

»Es ist noch ein Frosch dabei.«

Und da sang auch ein Frosch mit, aus voller Kehle und glockenrein, und er glich ein bisschen dem Frosch vom Felsen im Tal.

»Und oben!«, riefen Jona und Mona gleichzeitig, denn gerade hatten sie über den Engelsfiguren noch eine Eule gesehen, die nur leicht mit den Flügeln flatterte und die allerhöchsten Töne sang, die man sich vorstellen konnte.

Wie verzaubert standen sie alle da, aber als der Gesang anschwoll, hörte man plötzlich hinter dem Stall den Ochsen brüllen, den Esel sein »I-a!« schreien und das Kamel seinen tiefen Laut dazu ausstoßen, das Kind begann zu weinen, das Lämmlein blökte, und mit einem Schlag war die ganze himmlische Gesellschaft verschwunden, und es war wieder viel dunkler, obwohl der Stern noch genauso hell schien.

Kopfschüttelnd betrat Yusuf den Stall, wo Mirjam ihr Neugeborenes nochmals stillte, und Jona und Mona gingen schnell an ihr vorbei ins Heu.

»Das ist vielleicht eine Nacht«, sagte Jona.

»Mir reicht's langsam«, sagte Mona.

Aber diese Nacht hatte offenbar ihre eigenen Gesetze.

Es war noch nicht Morgen, da erwachten sie, weil eine Trompete ertönte, zuerst in der Ferne, dann immer näher, bis es keinen Zweifel mehr gab, dass das Ziel des Trompeters der Stall war.

Der Ton brach ab, und es klopfte an der Stalltür.

Yusuf erhob sich, um die Tür zu öffnen.

Draußen stand nicht nur ein junger Bursche mit einer Trompete in der Hand, sondern hinter ihm bildeten drei außerordentlich würdige Männer einen kleinen Halbkreis.

Der erste war mit einem weißen Mantel mit rotem Saum bekleidet. Er trug einen Turban mit einem glitzernden Edelstein auf dem Kopf und hatte eine kleine, mit Gold beschlagene Truhe bei sich. Der zweite hatte weiße Haare, die durch ein Diadem auf seiner Stirn zusammengehalten wurden, einen langen weißen Bart und einen blauen Mantel mit silbernem Saum und schwang ein silbernes Gefäß, aus dem die betörendsten Düfte stiegen. Der dritte war dunkelhäutig, hatte wunderbare Augen, er war in einen grünen Samtmantel mit gelbem Saum gekleidet und trug auf einem roten Kissen einen Brillantring. Hinter ihnen standen drei Kamele mit kostbar geschmückten Sätteln und bunten Bändeln an den Ohren, die von Knechten am Zügel gehalten wurden.

»Malko?«, fragte der mit dem Turban. Yusuf hob die Achseln und öffnete seine Arme zum Empfang.

Sie blickten nochmals zum Stern hoch. Der mit den weißen Haaren und dem weißen Bart zeigte mit seiner Hand zum Stern, dann auf den Stall, der immer noch direkt darunter lag, und sagte »Malko«, der mit den wunderbaren Augen trat zur Krippe, schaute das Kindlein an, nickte und sagte ebenfalls: »Malko.«

Dann verneigten sich alle vor der Krippe, gingen sogar in die Knie, der mit dem Turban legte seine Schatztruhe unter die Krippe, der mit den Düften stellte sein rauchendes Gefäß auf einen Lehmziegel, und der mit den wunderbaren Augen legte das Kissen mit dem Ring neben die Schatztruhe.

»Malko ist aber sehr beliebt«, flüsterte Mona.

Der mit dem Turban sagte ein paar sehr ernste Sätze, dann erhoben sie sich, verneigten sich vor dem Kind, vor Mirjam und Yusuf und wandten sich zum Gehen.

»Taudi!«, rief ihnen Jona nach.

Der Trompeter blies eine gewaltige Fanfare, worauf der Ochse brüllte, der Esel in sein »I-a!« ausbrach, das Kamel seinen tiefen Schrei ausstieß, das Lämmlein blökte und das Kindlein zu weinen begann.

Es roch nun eindeutig besser im Stall, der feine Rauch aus dem Silbergefäß verbreitete so seltsam würzige und angenehme Düfte, dass unsere beiden Sternforscher, nachdem sie ein drittes Mal erwacht waren, ein viertes Mal wieder einschliefen.

Ob sie wohl noch etwas erwartete in dieser Nacht?

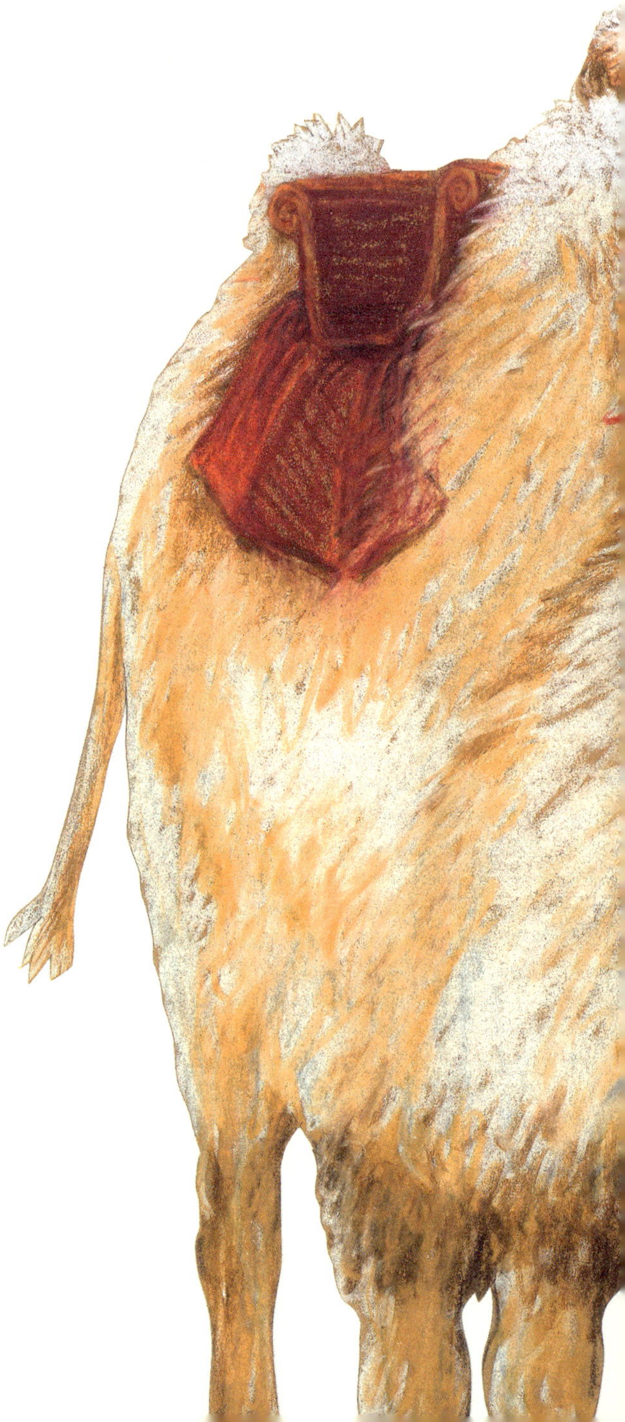

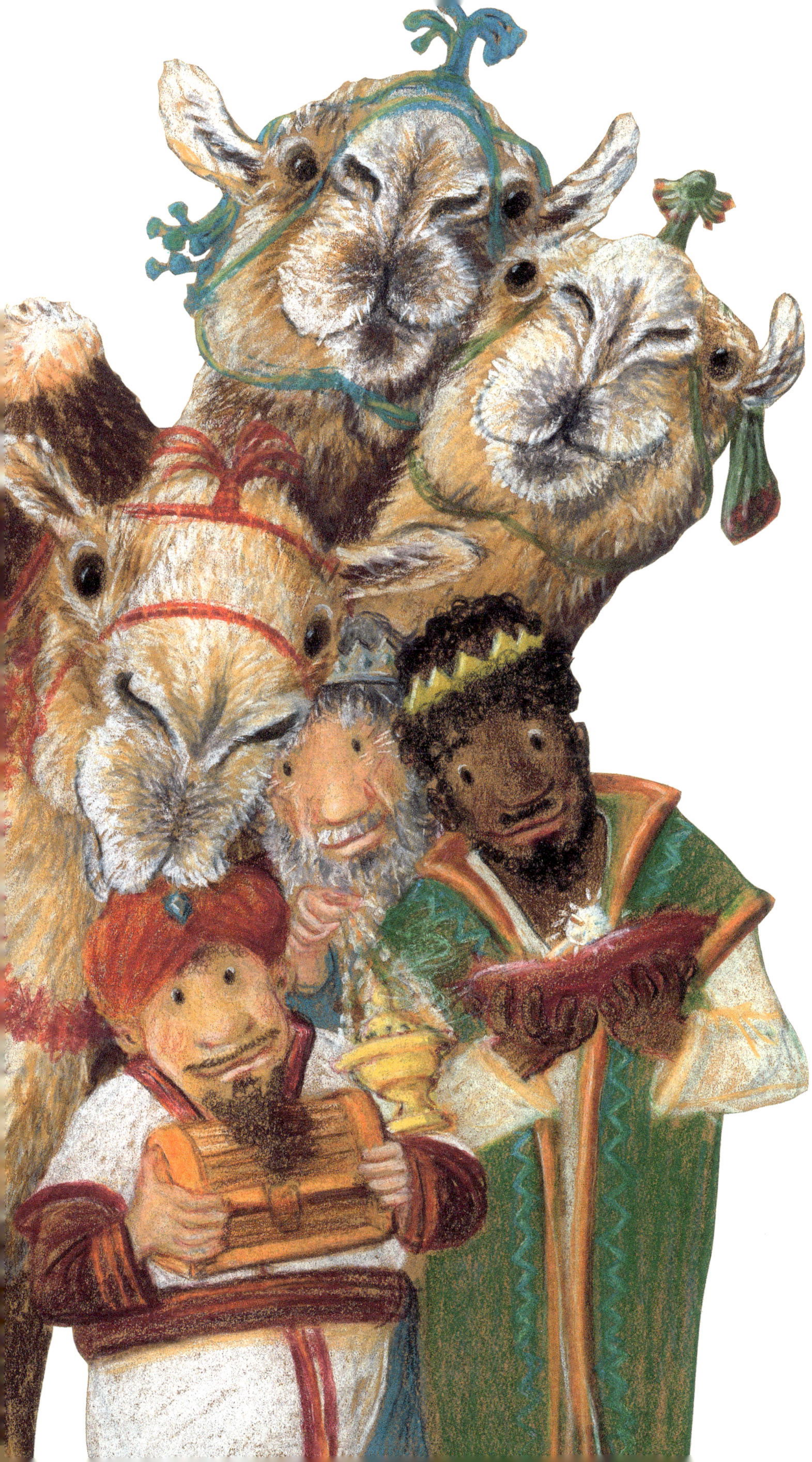

FÜNFZEHN

Nein, jetzt passierte nichts mehr, außer dass das Kind noch einmal krähte und dann von Mirjam gestillt wurde.

Am Morgen erwachte Mona zuerst und stupste Jona an.

»Ich muss aufs Klo«, flüsterte sie.

Jona brauchte einen Moment, bis er wusste, wo er war.

»Ich auch«, sagte er dann.

»Wo ist es?«

»Wahrscheinlich im Haus nebenan.«

Leise gingen sie an Mirjam, Yusuf, dem Kind und dem Lämmlein vorbei, die alle noch schliefen, und traten aus dem Stall.

Die Sterne am Himmel waren verblasst, auch der Komet war nur noch schwach zu sehen, und über dem Horizont lag ein rötlicher Streifen.

»Klopfst du?«, fragte Mona, als sie vor dem Haus standen. »Ich muss ganz dringend.«

Da trat Anna heraus und begrüßte sie.

»Wo können wir pinkeln?«, fragte Jona und trat von einem Bein aufs andere, und Mona kauerte sich nieder.

Anna lachte und zeigte hinter den Stall.

Beide rannten dorthin, aber es gab nichts, das einer Toilette glich, dafür hatten sich Ochse und Esel hingelegt, und vor allem dem Ochsen wollten sie nicht zu nahe kommen. Also machten sie ein paar Schritte vom Stall weg, der großen Bewegung Annas nach, und pinkelten dann aufs freie Feld.

»Wo ist unser Kamel?«, fragte Mona.

Beide blickten sich um, aber da war weit und breit kein Kamel.

»Vielleicht ist es mit den Kamelen der drei vornehmen Herren gegangen«, sagte Jona schließlich.

Mona begann zu weinen. »Wie kommen wir denn ohne Kamel nach Hause?«

»Wir gehen es suchen«, sagte Jona, »es ist sicher in der Stadt.«

Als sie zum Haus zurückkamen, stand Anna davor und reichte jedem von ihnen eine Schale dampfenden Tee.

»Taudi«, sagte Jona, während Mona immer noch mit den Tränen kämpfte.

Sie setzten sich auf eine kleine Steinbank vor dem Haus, Jona öffnete seinen Rucksack und nahm die beiden angegessenen Schinkenbrote heraus, aber weder er noch seine Schwester hatten Appetit. Beide nahmen einen Bissen und steckten die Reste der Brote wieder weg.

Anna verfolgte das alles mit großer Neugier, betastete auch den Rucksack und ihre Windjacken. Solche Stoffe gab es hier offensichtlich nicht.

Dann nahm Jona Mona an der Hand und ging mit ihr zum Stall hinüber.

Yusuf und Mirjam waren inzwischen wach, und sogar das Kindlein hatte die Augen geöffnet und schaute unter seinem Schaffell aus der Krippe zur Decke des Stalls.

»Wir gehen das Kamel suchen«, sagte Jona und zeigte in Richtung Stadt.

»Es bringt uns nach Hause«, fügte Mona hinzu.

Jona griff in seinen Rucksack und zog die zwei Schokoriegel heraus. Mona packte ihren sogleich.

»Für dich«, sagte Jona und gab seinen Riegel Yusuf.

Mona schaute etwas bekümmert auf ihren Riegel, dann streckte sie ihn Mirjam hin. »Für dich«, sagte sie.

»Taudi«, sagten beide, und dann griff Yusuf in das Hirtenkörbchen, nahm eine Handvoll Feigen und Brotstücke heraus und leerte sie Jona in den geöffneten Rucksack.

»Taudi«, sagte Jona, und »Taudi, taudi, taudi«, sagte Mona.

Dann gaben sie beiden zum Abschied die Hand, winkten dem Kind in der Krippe und machten sich auf den Weg zur Stadt hinauf.

Diesmal stand ein anderer Römer am Stadttor. Er senkte seinen Speer wie eine Barriere, blickte sie sehr misstrauisch an und stellte ihnen eine Frage, die sie nicht verstanden.

Da griff Jona in seinen Rucksack, nahm den Apfel hervor, den ihnen die Mutter eingepackt hatte, gab ihn dem Römer, hielt die Hand an seine Mütze und sagte: »Salve!«, und Mona sagte schnell: »Salve, salve, salve!«

Der Römer war verblüfft und auch ein bisschen amüsiert, hob den Speer hoch und ließ sie durch.

Da es noch früh am Morgen war, waren nicht viele Menschen auf dem Platz. Auf einmal gingen zwei Kinder neben ihnen her, ein Junge und ein Mädchen, betrachteten sie von der Seite und zupften sie an den Kleidern.

»Hallo«, sagte Jona zum Jungen, »ich bin Jona.«

»Und ich bin Mona«, sagte Mona zum Mädchen.

Die Kinder kicherten.

»Und du?«, fragte Jona.

»Elia«, sagte der Junge und zeigte auf sich.

Und bevor Mona fragen konnte, sagte das Mädchen »Amira.«

»Wir suchen unser Kamel«, sagte Jona. Er zeichnete zwei Kamelhöcker in die Luft, schob seinen Hals vor und zurück und versuchte, den Schrei des Kamels nachzumachen, aber es klang eher wie das Muhen einer Kuh.

Elia und Amira mussten lachen.

Elia zeichnete nun ebenfalls zwei Höcker in die Luft, schob seinen Hals vor und zurück und äffte Jonas Muhen nach, und dann lachte er ausgiebig, und Amira lachte mit.

Jetzt blieb Jona stehen. Er fand das überhaupt nicht lustig.

»Wo sind Kamele?«, fragte er, hob die Achseln, blickte suchend umher und drehte sich sogar um sich selbst.

Da hob Amira den Finger, machte ein Zeichen, sie sollten ihr folgen und ging dann voran. Sie schritten zum Stadttor auf der anderen Seite wieder hinaus, Elia und Amira sagten etwas zum wachhabenden Römer, Jona und Mona salutierten kurz mit »Salve!«, der Römer ließ sie durch, und da standen sie vor einer Karawanserei, einem großen Gasthof mit Pferchen und Stallungen. Sofort sah Jona die drei Kamele mit den Bändeln an den Ohren, und wirklich stand ein viertes Kamel dabei, und das konnte nur ihres sein.

Freudig rannten sie auf den Pferch zu, gefolgt von Elia und Amira, doch als sie vor den Balken standen, welche die vier Kamele von den anderen abtrennten, trat ihnen ein Knecht in den Weg.

Er stellte in scharfem Ton eine Frage, und die konnte nur heißen: »Was wollt ihr hier?« Auch Elia und Amira, welche die Worte verstanden hatten, schauten sie fragend an.

Ja, was wollten sie hier? Ihr Kamel wollten sie, das gestern einfach mit den andern drei Kamelen mitmarschiert war, aber wie konnten sie das erklären?

Mona zeigte auf das Kamel ohne Ohrenschmuck und sagte: »Das ist *unser* Kamel! Hallo, Kamel!«, und sie winkte ihm. Da kam das Kamel auf sie zu, streckte seinen Hals über den Balken und ließ sich von Mona die Schnauze streicheln.

»Siehst du?«, sagte Mona zu dem Knecht, aber der machte überhaupt keine Anstalten, ihnen ihr Kamel zurückzugeben.

Jona sagte, das Kamel sei gestern hinter dem Stall gestanden, als die drei Vornehmen Malko besucht hätten, und es sei ihnen einfach nachgelaufen.

»Ihr habt es gestohlen!«, rief Mona und war wieder den Tränen nah. Sie hielt das Kamel ganz fest am Zaumzeug, doch der Knecht war stärker. Er löste ihre Hände und zog das Kamel zu den anderen zurück.

In dem Moment kam der zweite Vornehme mit dem weißen Bart und dem Diadem auf der Stirn heraus, befahl dem Knecht, das Kamel loszulassen und den Balken wegzunehmen. Der tat, wie ihm geheißen wurde, und der würdige Alte ging gemessenen Schrittes mit dem Kamel zu den beiden Kindern und übergab es ihnen, half ihnen sogar aufzusteigen.

Jona und Mona jubelten.

»Taudi!«, sagte Jona, und Mona fügte hinzu: »Taudi, taudi, taudi!«

»›Danke‹ genügt«, sagte der Weißbärtige zu den Kindern.

Es war Samuel.

SECHZEHN

Die Kinder waren sehr erleichtert.

»Kommst du mit uns nach Hause?«, fragte Mona.

»Würde ich gern«, antwortete Samuel.

»Und wie?«, fragte Jona.

»Das weiß ich noch nicht genau.«

Die Kinder waren enttäuscht.

»Ich will aber heim«, sagte Mona.

»Wo genau seid ihr denn hier angekommen?«, fragte Samuel.

»Irgendwo dort drüben, ziemlich weit weg von der Stadt«, sagte Jona und deutete in Richtung des Stalls.

»Dann ist es am besten, wir gehen wieder dorthin zurück«, sagte Samuel.

Jetzt verließ Jona der Mut. »Ich weiss aber nicht, ob ich den Weg wieder finde«, sagte er weinerlich.

Samuel beruhigte ihn. »Das Kamel findet ihn schon. Wartet einen Moment auf mich, ich komme gleich wieder«, und er ging in die Karawanserei hinein.

Elia und Amira bewunderten unterdessen die Turnschuhe von Jona und Mona, die auf dem Kamel sitzen blieben.

Auch Hosen schienen hier nicht üblich zu sein, schon gar nicht bei Mädchen, und sie zupften so lange an ihren Hosenbeinen herum, bis Jona sagte: »Genug!«

Nun kam Samuel zurück. Er hatte eine lederne Feldflasche bei sich, die er Jona mit den Worten »Etwas Wasser kann nie schaden« in den Rucksack gab.

»Also los«, sagte Samuel und nahm das Kamel am Zaumzeug. Zusammen gingen sie nun zum hinteren Stadttor, und Elia und Amira folgten ihnen.

Dort erwartete sie aber eine Überraschung.

Der römische Soldat, der Wache hielt, war nicht mehr derselbe wie vorhin, und er hielt sie mit gesenktem Speer an. Die Antwort, welche ihm die einheimischen Kinder auf seine Frage gaben, genügte ihm nicht. Zwar durften Elia und Amira durchgehen und guckten nun hinter einem Pfeiler des Stadttors hervor. Aber Samuel mit dem Kamel und den seltsam gekleideten Kindern wollte er auf keinen Fall vorbeilassen. Mit strenger Miene stellte er ihnen immer wieder eine Frage. Die Kinder antworteten jedes Mal mit »Salve!«, aber das nützte diesmal gar nichts. Samuel verstand die Frage ebenso wenig. Er versuchte so nobel wie möglich auszusehen, aber das beeindruckte den Römer überhaupt nicht.

Schließlich sagte er zu den Kindern: »Ich weiß etwas, das immer wirkt. Es heißt Bestechung, und man sollte es nur in Notfällen anwenden.«

Er nahm sich sein Diadem vom Kopf und reichte es dem Römer, der es sofort in einer Tasche hinter seinem Rücken verschwinden ließ. Gnädig winkte er Samuel durch, aber als er das Kamel mit den Kindern mitziehen wollte, stellte er sich dazwischen, und diesmal hielt er gleich die Hand hin.

»Hast du noch etwas?«, fragte Jona.

Samuel schüttelte den Kopf und wies den Römer auf Deutsch zurecht, er solle sich nicht so anstellen und sie endlich durchlassen, ein solches Schmuckstück sei ja nun wohl Zoll genug. Doch der Römer verstand kein Deutsch und machte weiter die hohle Hand.

»Er will Geld«, sagte Mona.

Da kam Jona in den Sinn, dass er immer noch die römische Münze dabeihatte, die sie Samuel auf der Alp gezeigt hatten. Er griff in die Innentasche des Rucksacks, in der sie versteckt war, gab sie dem Römer und sagte: »Da!«

Und Mona sagte: »Du Ugu!«

Kaum hatte sie das Wort ausgesprochen, schlug sich Samuel an die Stirn und rief laut: »Ugu!« Sogleich wurden Jona und Mona von einem Schwindel erfasst, Jona krallte sich am Fell des Kamels fest, Mona krallte sich an ihrem Bruder fest, das Kamel rannte an Elia und Amira vorbei durch das Tor in die Stadt, erhob sich in die Luft, Samuel konnte mit knapper Not seinen Schwanz packen, und im Nu waren sie nur noch ein Pünktchen am Himmel.

SIEBZEHN

Die Eltern von Jona und Mona waren schließlich doch eingeschlafen in ihren Liegestühlen vor dem Haus, und es war Ruth, die zuerst erwachte, als sie die Rufe der Kinder vom Kamelfelsen hörte. Gerade dämmerte der Morgen, der Komet und die Sterne am Himmel waren noch schwach zu sehen.

»Hallo, da sind wir!«, rief Jona, und Mona rief: »Ich auch!«

Ruth weckte Daniel, und zusammen rannten sie zum Kamelfelsen und schlossen ihre Kinder in die Arme.

»Wo wart ihr denn die ganze Nacht?«, fragte der Vater.

»Wir hatten solche Angst!«, sagte die Mutter.

»Wir, ähm, waren in einem andern Land, mit unserem Kamel«, sagte Jona.

»Die Decke haben wir der Frau gegeben für die Geburt«, sagte Mona, »sie hieß Mirjam und war sehr froh.«

»Wir haben in einem Stall übernachtet, in dem ein Kind zur Welt kam.« – »Es hieß Malko.« – »Der Vater hieß Yusuf.« – »Er hat uns Feigen und Brot gegeben.« – »Ich habe Licht gemacht mit der Taschenlampe.« – »Draußen war es hell von einem großen Kometen.« – »Viel größer als der bei uns.« – »In der Nacht hat ein Engelschor auf dem Dach gesungen.« – »Der Frosch und die Eule und das Murmeltier haben auch mitgesungen.« – »Und Hirten haben Flöte gespielt.« – »Und der Ochse –« – »Und der Esel –« – »Und ein

Trompeter kam mit drei ganz vornehmen Männern mit Schatztruhen.« – »Und einer davon war Samuel.«

»Moment, Moment, Kinder, jetzt einmal ganz langsam!«, sagte die Mutter, und »Wo ist überhaupt Samuel?«, fragte der Vater.

Im selben Augenblick purzelte Samuel den Hang hinunter, versuchte sich an Alpenrosenstauden zu halten und kam schließlich beim Kamelfelsen zum Stehen, oder eher zum Sitzen.

»Da bin ich«, sagte er, »ich hab mich etwas verspätet.«

Die Eltern verstanden überhaupt nichts, und das ist nicht weiter erstaunlich, denn wann passiert so etwas überhaupt? Überaus selten und höchstens, wenn ein Komet ganz nahe an der Erde vorbeisaust.

»Es gab kein Klo, und wir haben aufs Feld gepinkelt.« – »Zu den Römern haben wir ›Salve!‹ gesagt, dann ließen sie uns durch.« – »Außer der letzte, bei dem mussten wir eine Bestechung machen.« – »Es war eben ein Notfall.« – »Zum Glück hatte ich den Ugu noch im Rucksack.«

»Kinder, Kinder«, sagte die Mutter, »da brauchen wir etwas länger, bis wir da durchblicken.«

»Ich glaube fast, da muss uns Samuel ein bisschen helfen«, sagte der Vater.

»Kommt, wir gehen ins Haus«, schlug die Mutter vor.

Und als sie alle zusammen um den Küchentisch saßen, vor einer Tasse Kaffee die Erwachsenen, vor einer Tasse heißer Schokolade die Kinder, versuchte Samuel zu erklären, dass sich in dieser sonderbaren Kometennacht ein Zeitspalt geöffnet hatte, durch den zuerst die Kinder und dann auch er selbst in eine vergangene Zeit gerutscht seien, und zwar ebenfalls in eine Kometennacht, und das müsse die Nacht gewesen sein, in der das Jesuskindlein geboren wurde.

Der Kamelfelsen sei zum Kamel geworden, auf dem Jona und Mona nach Bethlehem geritten seien.

»Wir sind abgestiegen, damit die Frau mit dem dicken Bauch reiten konnte«, sagte Jona, »aber sie fanden kein Hotel in der Stadt.« – »Sie bekam eben ein Kind«, sagte Mona, »und ich sagte, sie soll in den Stall.« – »Vor der Stadt.« – »Ich habe ihr im Stall geleuchtet.« – »Die Männer mussten draußen bleiben und ich auch.« – »Mirjam hat geblutet.« – »Yusuf musste kotzen.«

Als er gemerkt habe, dass die Kinder durch den Spalt geschlüpft seien, sagte Samuel, habe er sich ganz stark gewünscht, auch dorthin versetzt zu werden, wo die Kinder waren, und habe sich auf einmal als einer der Heiligen Drei Könige wiedergefunden und sei nur noch halb er selbst gewesen.

»Er hatte einen blauen Mantel.« – »Und einen Schmuck auf der Stirn.« – »Er hat ein Duftgefäß geschwungen.« – »Wir haben ihn zuerst nicht erkannt.« – »Aber er sah sich schon ähnlich.«

Jedenfalls habe er sich die ganze Zeit überlegt, wie das Zauberwort hieß, das ihm seine Großmutter einmal verraten hatte, das Zauberwort, das man brauche, um aus der anderen Zeit wieder zurückzukehren, und es sei ihm einfach nicht in den Sinn gekommen. Erst als Jona dem römischen Soldaten am Stadttor die Münze gegeben habe –

»Es war der Ugu!« – »Der Ugu, der Ugu, der Ugu!«

– sei es ihm eingefallen: Ugu! Und das habe gewirkt, denn kaum habe Mona das Wort ausgesprochen –

»– ist das Kamel mit uns davongeflogen!« – »Und Samuel hat sich am Schwanz festgehalten!«

Das war für die Eltern ein harter Brocken, und beide schüttelten immer wieder den Kopf. Ihre Kinder sollten bei der Heiligen Nacht in Bethlehem dabei gewesen sein? Und heil wieder zurückgekommen sein?

»Aber ihr habt doch die Leute gar nicht verstanden?«, fragte die Mutter.

»Statt ›Danke‹ sagten sie ›Taudi‹ –« – »Taudi, taudi, taudi!« – »Und ›guckwo‹ sagten sie, wenn man zum Kometen schaute.« – »Der Komet war über dem Stall.« – »Die Leute waren lieb.« – »Anna hat uns Tee gemacht heute morgen.«

Und so ging das weiter und weiter, es war geradezu unglaublich, was die Kinder alles zu erzählen hatten von einer einzigen Nacht, die sie unter so besonderen Umständen zugebracht hatten.

Als der Vater vorsichtig fragte, ob sie denn etwas mitgenommen hätten aus dieser anderen Zeit, griff Jona in seinen Rucksack und holte die Feigen und die Fladenbrotstücke heraus, und das war nun etwas, das die Mutter ganz sicher nicht in den Rucksack gepackt hatte, und Samuels lederne Feldflasche war auch noch darin. Er schenkte allen ein Glas Wasser ein, und sie tranken es aus und aßen dazu vom Fladenbrot und den Feigen. Es schmeckte wunderbar.

Irgendwann fielen Jona während des Erzählens die Augen zu, und Mona lehnte sich an den Vater und schlief ein. Die Eltern trugen ihre beiden Kinder ins Bett, wo sie erst am Mittag wieder erwachten.

Daniel löcherte Samuel so lange mit Fragen, bis dieser sagte, er dürfe nicht versuchen, das mit den Augen unserer bekannten Welt zu sehen, es gebe wahrscheinlich noch viele Welten, von denen wir keine Ahnung hätten.

Er habe im Übrigen Glück gehabt, dass er den Weg zurück mit den Kindern gefunden habe, denn es sei schon so, der Gang durch den Zeitspalt sei eigentlich den Kindern vorbehalten. Bei seinem Rückflug am Schwanz des Kamels habe sich der Spalt gerade geschlossen und ihm den Fuß eingeklemmt, sodass er sich losreißen musste, drum sei er ein wenig später gekommen und habe eine etwas unsanfte Landung gehabt.

Daniel und Ruth mussten sich mit diesen Erklärungen zufriedengeben. Sie waren sehr froh, dass ihre Kinder diese Nacht gut überstanden hatten, und verbrachten noch schöne Ferientage in diesem merkwürdigen Tal.

ACHTZEHN

Etwa ein halbes Jahr später las der Vater eine höchst eigenartige Geschichte in der Zeitung.

Er hatte nach den Ferien über alles Mögliche nachgeforscht, zum Beispiel über römische Münzen, und hatte erfahren, dass die ganze Aufschrift auf der Münze mit größter Wahrscheinlichkeit CAESAR AUGUSTUS hieß, dass die Münze also aus der Zeit des römischen Kaisers Augustus stammte. Dieser Kaiser herrschte zu der Zeit, als Christus zur Welt kam. Die Münze selbst war verschwunden, denn Jona hatte sie ja in der Nacht des Kometen dem römischen Soldaten gegeben.

Einmal hatte er im Internet das Wort »Taudi« eingegeben und war auf die Information gestoßen, das heiße »Danke« auf Aramäisch. Das war die Sprache, die im Nahen Osten gesprochen wurde, als Jesus zur Welt kam. »Malko« hieß in dieser Sprache »König«, darauf kam er rasch, aber er brauchte etwas länger, bis er herausfand, dass »Kukwo« »Stern« hieß.

Wie hätten seine Kinder diese Wörter erfinden können, wenn sie sie nicht wirklich gehört hätten?

Und natürlich war Mirjam der Name für Maria und Yusuf der für Josef.

Und dass der Stern, der über dem Stall von Bethlehem geleuchtet haben soll, ein Komet war, war immer wieder vermutet, wenn auch nie wirklich bewiesen worden. Doch was waren schon Beweise? Er dachte immer wieder an die Feigen und die Fladenbrotstücke und an Samuels lederne Feldflasche. Das wären eigentlich Beweise.

Er hatte Samuel auch gefragt, ob er seine Feldflasche etwa wissenschaftlich untersuchen lassen würde, aber der lehnte das ab.

»Wenn du nicht glaubst, was uns in dieser Nacht passiert ist, würdest du es auch nicht glauben, wenn man feststellt, dass das Leder 2000 Jahre alt ist«, sagte er. »Vielleicht würde das alles nur noch schwieriger machen.«

Und was der Vater jetzt in der Zeitung las, machte nun wirklich alles noch mal schwieriger.

Da hatte man in einem Museum in Amsterdam bemerkt, dass mit dem Bild eines alten holländischen Malers eine unerklärliche Veränderung vor sich gegangen war. Es war eine Darstellung der Heiligen Nacht, auf welcher Maria und Josef mit dem Jesuskindlein in der Krippe zu sehen waren; ein Ochse und ein Esel schauten durch ein Stallfenster herein, und nun waren auf dem Bild drei weitere Figuren aufgetaucht. Es waren zwei Kinder, die hinter Maria im Heu saßen, und ein Kamel, das seinen Kopf durch ein drittes Stallfenster hineinstreckte. Die Kinder trügen heutige Kleider, las er, aber erste Farbproben hätten ergeben, dass sie dasselbe Alter hätten wie die anderen Farben auf dem Bild.

»Siehst du«, sagte die Mutter zu ihm, »es ist eben doch wahr, was die Kinder erzählt haben.«

Im Zeitungsbericht war sogar ein Foto des Gemäldes, auf dem die drei neu aufgetauchten Figuren mit roten Kreisen hervorgehoben wurden, aber es war nicht zu erkennen, ob die Kinder Jona und Mona glichen.

Der Vater überlegte sich, ob er nach Amsterdam fahren sollte, um sich das Bild anzuschauen, aber seine Frau riet ihm davon ab.

»Man kann nicht alles erklären, Daniel«, sagte sie, »glaub es doch einfach«, und gab ihm einen Kuss.

»Also gut«, sagte er, »also gut, Ruth, dann glaub ich's halt«, und gab ihr auch einen Kuss.

Tja, so war das. Und wie ist es mit euch – glaubt ihr es?

FRANZ HOHLER, geboren 1943, zählt zu den großen Schweizer Autoren der Gegenwart. Bei Hanser erschienen u. a. die Bilderbücher *Tanz in dem versunkenen Dorf* (2005), mit Bildern von Reinhard Michl, und *Wenn ich mir etwas wünschen könnte* (2008), mit Bildern von Rotraut Susanne Berner. Außerdem erschien 2009 *Das große Buch – Geschichten für Kinder*, mit Illustrationen von Nikolaus Heidelbach, und zuletzt 2011 der Gedichtband *Es war einmal ein Igel* mit Bildern von Kathrin Schärer.

KATHRIN SCHÄRER, geboren 1969, studierte an der Hochschule für Gestaltung in Basel. Sie unterrichtet an einer Sprachheilschule und arbeitet als Illustratorin. Ihr Bilderbuch *Johanna im Zug* wurde 2010 mit dem Deutschen Jugendliteraturpreis ausgezeichnet.

2 3 4 5   19 18 17 16 15
ISBN 978-3-446-24927-1
© Carl Hanser Verlag München 2015
Alle Rechte vorbehalten
Umschlaggestaltung: Stefanie Schelleis, München © Kathrin Schärer
Lithos: Fotosatz Amann, Memmingen
Satz im Verlag
Druck und Bindung: TBB, a.s., Banská Bystrica
Printed in Slovak Republic

MIX
Aus verantwortungsvollen Quellen
FSC
www.fsc.org
FSC® C022120